一年好景君须记
正是橙黄橘绿时

资兴二〇二五年初春

一年好景君须记

肖复兴 著

江苏凤凰文艺出版社
JIANGSU PHOENIX LITERATURE AND
ART PUBLISHING

图书在版编目（CIP）数据

一年好景君须记 / 肖复兴著. -- 南京 : 江苏凤凰文艺出版社, 2025. 4. -- ISBN 978-7-5594-9311-8

Ⅰ. I267

中国国家版本馆 CIP 数据核字第 20258XD087 号

一年好景君须记

肖复兴 著

责任编辑　杨威威
策划编辑　张春萌
封面设计　WONDERLAND Book design 仙境 QQ:344581934
版式设计　豆安国
责任印制　杨　丹
出版发行　江苏凤凰文艺出版社
　　　　　南京市中央路 165 号，邮编：210009
网　　址　http://www.jswenyi.com
印　　刷　北京中科印刷有限公司
开　　本　880mm × 1230mm　1/32
印　　张　10.25
字　　数　188 千字
版　　次　2025 年 4 月第 1 版
印　　次　2025 年 4 月第 1 次印刷
书　　号　ISBN 978-7-5594-9311-8
定　　价　49.80 元

自 序

一

散文易写难工。

如今，不少散文，“散”是做到了，无论什么人和事、景与情，都如小猫吃鱼，有头有尾，巨细一锅烩，摊成一卷煎饼。“文”却常常失去或被忽略。“文”，便是所谓的“工”。

阿赫玛托娃是诗人，但她认为：散文高于诗。她说：“走进散文时似乎有一种亵渎感，或者对于我意味着少有的内心平衡。”她还说，散文对于她“永远是一种诱惑与秘密”。

我们在散文写作时，少有阿赫玛托娃这种对于散文创作的虔诚之心与敬畏之感，以及她所说的“内心平衡”。想想自己，惭愧得很，尽管多与散文为伍，有时却显得过于随意，散文独有的那种诱惑与秘密的感觉，常让我不经意间失去那种气定神闲的“内心平衡”。

散文，是一切文体的基础，又是一切文体的塔尖。只是如今我们的作家常常以为长篇小说是塔尖，是文学的大道和正宗，散文只是散步的小径。

散文是一种古老的文体。在我国的文学传统中，小说、戏剧一直被认为是“小道”，而集部的诗和文，才是文学的主要表现形式，或者说是文学的“正宗”。当然，这已经是陈辞旧章，早被今天的我们改写。

时代变革、王纲解体、人心动荡时期，恰适于散文。我国五四时期，小品文兴盛，如鲁迅先生所说“散文小品的成功，几乎在小说戏曲和诗歌之上”，则正处于这样的时代。这样认为，才会对处于这样时代中的散文写作有所敬畏，“工”才谈得上，才值得下气力，而不仅仅把散文当作下酒的小菜，或佐餐的花式拼盘。

但是，这样的时代，世象乱叠，人心浮躁，戾气横盈，任何事物，都容易乱花迷眼，莫衷一是，散沙一盘。散文的“散”，便有了繁衍之地，雨后生蘑菇，也生狗尿苔。这便是后来散文写作的悖论和难题。

二

米兰·昆德拉是小说家，对于散文，他却有这样独到的理解和认知。他说：“散文，这个词并不仅仅意味着不合诗律的文字。它同时意味着生活具体、日常、物质的一面。所以，将小说说成散文的艺术，并非显而易见之理，这个词定义着这类艺术深刻的意义。”

他认为散文对于小说有“深刻的意义”，同阿赫玛托娃说散文“永远是一种诱惑与秘密”，意思基本一致，都体现出对散文的敬畏之感与学习态度。而我们的散文写作，对于小说和诗的学习，有意识地运用小说和诗的方法，则明显弱得多。前面所说散文的“工”，自然便缺少了借鉴。近亲繁殖，闭门造车，故步自封，絮絮叨叨，浅水池里扑腾，自以为身处江海，便成为如今散文缺少必要节制的泛滥缘由之一。

当年，鲁迅的《社戏》、废名的《竹林的故事》、庐隐的《曼丽》等散文，都被认为是小说，而收在小说集中。足见他们写作散文时明显对于小说的借鉴，亦说明小说和散文并非一堵墙隔，彼此的借鉴，可以如水相通，相互受益。

我的散文写作，注重向小说学习，注意学习小说构思角度的选择、叙述节奏的把握、细节的寻找和结尾的处理。希望自己多少有些进步。

散文的内心，应该属于诗。我希望能在不如意的生活和芜杂的心绪中，捕捉到哪怕一点点诗意，那不仅是我们赖以生活的底气，也是散文的魅力所在，散文才不仅是生活照相式的九宫格展示，而多少有了些味道。

三

当然，我们普通人的生活，常会充溢一些不如意、坎坷、痛苦，甚至血淋淋。我自身大半生的经历，也逃脱不出这样的命运跌宕。即使如此，生活中也不乏温馨温情温暖的诗意，让我们枯燥苦涩的心，微微一动；让我们面对这样的生活，有了一些勇气和信心，以及忍耐和等待的韧性。这是我们中国人最朴素可贵的性格，也是我们散文最可贵、最值得珍视的品格。

这样的散文，可以成为我们不如意生活的掩体，甚至成为我们贫瘠人生的抗体。对于我，读这样的散文，写这样的散文，起码可以稍微让自己面对混沌的生活和浑浊的世界时，不再觉得那么晦涩难解，而能让自己的心沉静一些，即阿赫玛托娃说的“内心平衡”，不被这样的生活和世界磨得粗糙，如一块千疮百孔的搓脚石。

想起俄罗斯伟大的诗人阿赫玛托娃，苦难深重，一生悲剧。但是，在残酷命运正恐吓她的时候，她留给我们的诗句却是这样写的：

今天我要送你

世上从未有过的礼物

是傍晚小溪难眠的时分

我映在水里的倒影

即使自己痛苦不堪，一无所有，也要留下“映在水里的倒影”，作为礼物送给我们。苦难中的诗意，给我以深深的抚慰，让我面对自己曾经悲观而过早皴裂苍老的心，感到惭愧。

浮生多艰，尤其是漫长三年疫情，我们的生命、情感与内心，都经历了淬火般的磨砺。如何秉持对生活的达观、对生命的执着，坚守内心一隅的清净与真诚，“映在水里的倒影”，是美好诗意的意象。

对于我，所写的散文，即便单薄，也希望能成为这样的一帧倒影。

四

曾经读到归有光这样一段文字：“文太美则饰，太华则浮。浮饰相与，敝之极也。”

同样的意思，孙犁先生在论述契诃夫时说：“契诃夫作品主要的特色，就是朴素和真实。朴素，对于我们当前的写作，是一个重要的问题。”

孙犁说的“朴素”，归有光说的“浮饰”，是一个问题的正反两面。散文的写作，忌美而浮饰、华而不实，而力求朴素。于我而言，朴素是文字与内容的双重要求。

孙犁先生在谈朴素时，特别强调："不三不四的'性格'刻画，铺张浪费的'心理'描写，擦油抹粉的'风景'场面"，是朴素的三大敌人。这是孙犁先生1954年写的，朴素的这"三大敌人"，依旧幽灵般顽强存活在我们当前散文写作之中。

这正是我所需要格外警惕的。朴素的内容中见真情真意，朴素的语言里见诗情诗意，是散文写作的最高境界，正如雪花的美在于素白，没有如冰激凌一样五颜六色的花哨。

好的散文，应该如朱熹论欧阳修散文时所说的"欧文如宾主相见，平心定气说好话相似"。散文，是朋友之间的说话而已，并非讲台上的慷慨陈词，或舞台上的拿腔作调。

五

在我的这本散文集里，有一篇《书边草（一）》，引布罗茨基的两句话，一句是"浓缩的原则，一个非常重要的原则。倘若你开始用类似浓缩的方式写作，全都一样，不管你愿意不愿意，写得都很短"，另一句是"纯文学的实质就是短诗。我们大家都知道，现代人所谓的attention span（意为一个人能够集中注意力于某事的时间）都极为短暂”。

这一写作原则，我赞同并努力学习。以前，曾经一度出现过“大散文”，至今依然广有市场。从古至今的掉书袋，引用和想象的比翼齐飞，洋洋洒洒的复写和铺陈，是违背这一原则的。我们今天所处时代的现代性，主要表现在生活节奏的加快，而这自然携带阅读的节奏一并加快，便必然逼迫文学为长是尊，逐步向浓缩进行调整。

在我的这本散文集里，《雪五章》《雨四季》《蔷薇笺》《老院物语》《书边草》等篇章，都是这样有意识学习的习作。其他所有的文章，收入集中时，我都一一做了修改，主要是做减法，或多或少尽量删减篇幅和文字，希望读者在有限的时间里，在此与我擦肩而过时，能够有片刻的会心会意。

六

和我的前几本散文集一样，这本《一年好景君须记》，依然是2024年一年的日常和回忆，一些读书的文字，最后附上2024年一年写的旧体诗。虽然诗写得幼稚单薄，却当日记来写，或许可以与集中一些篇章互文，看看我一年的日子，就是这样歪歪扭扭走过。

我一直想，过去鲁迅先生都是隔一年或几年出版一本新书；再看孙犁先生，他是学习或仿照鲁迅先生的出书方法的，尤其是新时期复出之后出版的“耕堂十书”，都是隔年出版一本的。这给读者的购买和阅读提供了方便，也是对读者负责的一种自律。当然，我远远无法和鲁迅、和孙犁相比，但心里总希望能够以他们为榜样，即使文章写得不够好，也希望尽可能隔一年或两年认真选出并出版一本新书，既是对读者的真心回报，也是敝帚自珍。

感谢华景时代的老朋友，成全了我的这一愿望，宽容我的浅陋，鼓励我的写作，几年以来，从《肖复兴散文》《正是橙黄橘绿时》《三月烟花千里梦》《疏灯细语人家》，到这本《一年好景君须记》，一直精心编辑，并以最快的速度使其得以出版。

还是喜欢徐青藤的这句诗：旧约隔年留话久，新蔬一束出泥香。在我的这本最新散文集里，文章不敢说写得多么好，不过，是最新的文字，虽带泥，是新蔬。

2024年岁末于北京

目录

辑一 雪和雨

那雪花非常好看，是我以前，也是我以后，再也没有看到过的那么好看的雪花。

雪五章 / 003

雨四季 / 013

北国的树 / 021

草厂三条记忆 / 026

窗外的雨下着 / 034

曾经那面灰墙 / 038

辑二

放一架钢琴在海边

那天晚上，他对我说了这样一句话，过去了那么多年，我总也忘不了。他说："如果能有一架钢琴，放在大海的海滩上多好啊。"

百岁王火 / 047
生命的尽头是一束花 / 055
放一架钢琴在海边 / 061
孙犁的夹竹桃 / 064
想起斯美塔那 / 068
那年雨果在北大荒 / 073

辑三

一辈子能写多少信

想起高一暑假这桩往事，总忍不住想起《飞鸟集》中的第一行诗：“夏日漂泊的鸟，飞来我的窗前唱歌又飞去。”

老院物语　/ 079
一辈子能写多少信　/ 087
鸟飞来我窗前唱歌　/ 090
新年老人只来过一次　/ 096
秋香三韵　/ 102
少年宫两章　/ 107

辑四

舞台的瞬间

青春之梦破碎的声音，在红剧场里清脆回荡，没人听见，只有我自己清晰可闻。

粥滋味　/ 115
学画记　/ 118
暮色中的长城　/ 122
舞台的瞬间　/ 127
汇文两题　/ 130
月下无人自煮茶　/ 139

辑五

偶然之间

一个人的人生半径极短，平常能与你联系的，只有那么几个人，撑死了，也就几十个人而已。

上海知青 / 145

三遇小萍 / 149

南深沟 / 152

偶遇 / 156

手机号码 / 160

广州街头 / 164

哈尔滨街头 / 167

天坛拾零 / 171

辑六 蔷薇笺

数九隆冬，白雪红炉，三五亲朋围坐，一壶杨桃茶尽饮，最是滋味无穷。

杨桃茶 / 177
冰啤酒和大列巴 / 181
有趣的人名 / 184
红羽毛 / 188
苍蝇馆 / 191
小店吟 / 194
蔷薇笺 / 197
槐花笺 / 200
苹果笺 / 203

辑七 阿维尼翁邂逅

夏天的阿维尼翁，处处跳跃着金色的阳光，几乎没有一处阴影。即使是橄榄树下，从枝叶间筛下的阳光变成了绿色，依然明亮得照眼。

微不足道 / 209

水晶般的元旦 / 213

叶圣陶和牵牛花 / 216

三厂小镇 / 219

香港点滴 / 222

阿维尼翁邂逅 / 225

借伞四折 / 229

辑八 书边草

他说得极好，巴乌斯托夫斯基的书，对于我，就是召来逝去的时光，充满感情的存在。

孙犁和日记 / 235

今宵应解说伊人——重读门罗 / 240

谁能召来逝去的时光 / 246

书边草（一） / 255

书边草（二） / 264

附录

2024年旧体诗草 / 277

辑一

雪和雨

那雪花非常好看，是我以前，也是我以后，再也没有看到过的那么好看的雪花。

雪五章

一

那一年冬天，我在农场场部中学当老师。星期天一早，天飘起鹅毛大雪。这不算稀奇。大雪是北大荒冬天的标配。

我准备回二队。我是从二队抽调到场部中学教书的。还没出屋，一位老农推门而入，对我说："别走了，雪下得太大。这雪中午前就停了，你再走不迟。"老农也是从二队调到场部的，在兽医站工作，他大半辈子在北大荒，自然对这里的天气最熟不过，人称"活天气预报"。

我谢了他的好意，执意走出门。暴风雪——北大荒人称之"大烟泡"——扑面而来，汹涌的浪头一样，立刻吞没了我。

从场部到二队，十八里地，好天要走大约两个小时。这样铺天盖地的大雪，一脚一个深深的雪窝子，不知要走多长时间。我没有犹豫，还是走到通往二队的土路上。眼前，白雪茫茫，一直连接到天边的地平线。风卷着雪，雪裹着风，世界仿佛被它们主宰。那时候，人和风雪对比，显得那样渺小。

不过，那时候年轻，心里泛滥着虚妄的热情，总会涌出“我有辞乡剑，玉锋堪截云”“想君白马悬雕弓，世间何处无春风”之类纸上的诗情兼豪情。一路上，我唱歌壮胆，有时候大声吼叫，有时候心里吟唱，有时候唱老歌，有时候唱样板戏，有时候唱自己编的歌。那时候，独自走在荒原上，我常这样哼唱自己即兴编的歌，不知编了多少首。我也写诗，也不知写了多少首。眼前漫天飞舞的雪花，似乎都是从我编唱的曲子里飞出的一个个音符；身后踩出的雪窝子，似乎都是我心里迸发出的一行行诗句。尽管漫天的风雪立刻吞没了我的歌声，身后的雪窝子很快就被雪填平，霸道的风雪不允许任何人的一点声音存在、一个脚印出现。

但是，我心里还是一样吃凉不管酸，泛滥着单薄脆弱的歌和诗，和肆虐的暴风雪做着力不胜任却自以为是的抗争。

老农预测得很准，没到中午，雪就停了。荒原一片白雪皑皑，仿佛平铺一层厚厚的绒毯。蓝天和太阳立刻露出来，雪雀在眼前翻飞，翅膀上抖落下细碎的雪花，在阳光中闪着迷眼的光亮。

二队就在眼前了。

那里，女朋友正在等我。

二

北大荒的雪，不尽是暴风雪。我到北大荒的第一年，国庆节前一天的清早，二队就飘起了雪花。那天，我们正在场院上干活，将没来得及入囤的大豆入囤，看见雪花正从天边的地平线上摇着晃着脑袋瓜，成群结队而来。由于雪花不大，落在地面上并不显眼，也看不出是白颜色，开始以为是下雨。等雪花落在我的衣服上、脸上，茸乎乎的，清冽有点儿针扎的感觉，才发现，哦，原来是下雪了。

想起郭风在《松坊溪的冬天》里写过的雪，“像柳絮一般的雪，像芦花一般的雪，像蒲公英的带绒毛的种子在风中飞，雪降落下来了”。眼前飘飞细碎的小雪花，是这样的雪。比北京的雪白，带有绒毛。

雪花虽小，飘飘飞飞，渐渐地，拉着洁白的轻纱一样，罩满了天空和田野，也罩满场院。场院上的大豆，已经被雪花覆盖。气温跟着降下来，手戴着线手套，有些僵硬，弯曲不大自如。毕竟雪下得不大，入囤的活儿还是要干的。那时候，讲究与天斗其乐无穷。通往囤顶的三阶跳板上，铺上了一层雪花。那雪花非常好看，是我以前，也是我以后，再也没有看到过的那么好看的雪花。细碎，晶莹，一粒一粒叠加，如同搭起来的积木，层次那么清楚，那么有序，那么严丝合缝，好像它们不怕自己细小，像叠罗汉一样，耐心地一层层往上密密麻麻地码，就能和我们一样够到囤顶。

这样好看的小雪花，真不忍心踩上去。但是，装着满满大豆的麻袋，足足一百八十斤，上肩入囤，必须踩到跳板上，被踩的雪花，很不高兴，故意弄得跳板湿滑，一脚踩空，很容易连麻袋带人一起掉下去。如果在跳板的矮处，问题不大，如果从跳板的高处掉下来，是很危险的。以后的日子里，也是这样一个小雪天，我们二队一位漂亮的北京女知青，就是这样一脚踩滑，掉下高高的跳板，摔坏耻骨，生生被摘掉了一个卵巢。

北大荒的雪，哪怕是细小的雪花，也不是那么好惹的。

三

那年冬天，我在师部宣传队。师部在七星河北岸，二队在南岸。过七星河，离二队十几里地，如果顺着农场修的砂石路走，要绕一个九十度的大弯。如果斜插穿过一片老林子，可以少走小一半的路。不过，那里是荒原和野林，一片白雪茫茫，四周荒无一人。下午，我独自走在雪原上，心里有些害怕，怕身后悄悄扒住肩膀被当地人叫作“张三”的狼，怕前面突然蹿出一只红尾狐狸。十分后悔，不该一个人着急忙慌地就往二队赶，等上一个伴儿，一起回队上也好些呀。

后悔来不及了，前不着村，后不着店，我只有硬着头皮，在雪窝子里一步步地走，多走一步，离队上就近一步，离危险就远一步。

走到老林子的时候，雪住了，美景出现了。一只野鸡，抖动着五彩洒金的尾巴，从我的头顶飞过，落到我前面不远的雪窝子里，头扎进里面，只露出漂亮的尾巴，雪地盛开一朵花，鲜艳夺目得如同神奇的童话。这是捉住它最好的机会，我蹑手蹑脚地走过去，靠近它，一个鱼跃扑了过去，想只要抓住它的尾巴，它就跑不了。谁想到，它一下子扑棱棱地从雪窝子里飞了起来，抖落一身的雪花，迷住了我的眼睛。然后，飞了不远，又落在雪窝子里。等我走过去，再次向它扑去，它又扑棱着翅膀飞走了。成心逗我玩？我很有些生气，心想非捉住它不可！回到二队，也有了见面礼，更有了吹牛的资本。

就在一次次向野鸡扑去的时候，我不知道我已经迷路了。等到野鸡振翅高飞，飞得没影儿，我已经偏离那条林间小路很远，怎么找也找不到了。在北大荒，这叫作“鬼打墙”。我真的慌了神，天黑之前，如果回不到那条小路上，我还像一只没头苍蝇乱撞的话，会比碰上一个“张三”、一只狐狸还要可怕。寒冷的黑夜，会像一头莽撞的巨兽吞噬一根小草一样，将我吞进，连核儿都不会吐出来。黄昏时分，泛在雪地上的光芒，一跳一跳地，分外刺眼，让我有种惊心动魄的感觉。

我已经忘记那天最后是怎么找到那条小路的了。也许，落日反光下，凹下去的土路，在四周白雪的对比下，颜色暗一些，让我凭着本能的直觉，抓住了救命的稻草。在日头还垂挂在西天边沿的时候，我终于看到了缕缕炊烟，是二队最后一排老乡房子的房顶烟囱里冒出的。二队忽然像是能够看得见的魂儿一样，在向我招手。那一轮巨大无比的落日，浑圆橙红，如同一个巍峨的天神。

后来，我一直在想，那只漂亮的野鸡，是皑皑白雪派来的一种诱惑，用它漂亮的尾巴诱惑我，就像塞壬用她漂亮的歌声，诱惑海上的水手。

四

在北大荒，最有名的山，当属完达山。它是长白山的余脉，绵延北大荒境内很长一段。雪在山上，比在平原上大很多。完达山林深树密，有了森林的加持，犹如管弦乐队里加进铜管乐，雪更显得不同凡响。

特别是夜里，风雪呼呼叫着，像是从远处吹奏着整齐的军乐，挥戈踏马而来。森林立刻回荡着各种交响，呼应着风雪的到来。风雪掠过树枝的簌簌声音，像是大海翻滚着波涛。看着树木的枝条尽情摇摆、随风呼啸的样子，我想树和雪一样，是不会说话，如果会说话，这就应该是它们的语言，满山满谷共鸣，如同大合唱，此起彼伏，回声嘹亮，抖动得树枝上的雪花飞溅，是森林和雪的和声的结晶。

那一次，在完达山伐木，几乎一个冬天，天天被树木簇拥，被白雪包围，有一种远避尘嚣的感觉。这种感觉，在别处未曾有过。尤其对比荒原，这种感觉更为强烈。荒原上，春天荒草萋萋，夏天绿浪翻滚，秋天金黄一片，风吹过时也会飒飒有声，荡漾到天边。但是，没有完达山林海雪原的这种感觉。雪把山把树把大自然的一切重新装置改造了一般，一切变幻成另一种模样，这种模样，像是并不真实而缥缈的梦，有意以这样晶莹剔透、洁白如玉的崭新形象，和丑陋疯狂的世界，做个触目惊心的对比。

那个冬天在完达山，最难忘是雪住的晚上，一弯奶黄色的月亮升起来，在缀满雪花和冰凌的树枝间穿行。收工后，我们用松木点燃起篝火，把冻馒头放在铁锹上，架在火上烤，烤得馒头金黄，带有松木的清香。树枝间的雪花被风吹落在篝火和铁锹上，溅起星星点点的火星，流萤一般，四下乱窜。我们吃着这样松香撩人的烤馒头，欢声和歌声四起，在林间清澈回荡。

再也没有吃过这么美味的烤馒头了。比丰泽园和柳泉居的烤馒头好吃。

五

有一年冬天，我从北大荒回北京探亲，同伴是个哈尔滨知青。好不容易顶着纷飞大雪，坐大巴颠簸到了佳木斯，却买不到火车票，想赶在春节前回到家，不由得焦急万分。

同伴对我说："别急，我有法子。"他不由分说拉着我从售票处走出老远，一直走到铁轨交叉纵横的地方，货车、列车和破车杂陈，像是停车场。见我有些疑惑，他说："保你今天走成！我前年在佳木斯干了整整一冬，给咱们兵团运木头，这地方我贼熟！别说买不着火车票，就是买得着我也不买，就从这里上车，乖乖地拉咱回家！"穿过那些杂七杂八的车厢，看准了车牌上写着"佳木斯—哈尔滨"的一挂车，他拉着我上了这节车厢。

车厢里没有暖气，但比风雪中暖和许多。每天从佳木斯到哈尔滨只有一趟火车，晚上开。我们俩一个人占一排长椅整整眯了一觉，直到车厢轻轻一晃动才醒。我睁眼一眼看见前面的座位上坐着一个女的，脸朝着车窗，望着外面。外面天已经黑了下来，车厢里很暗，只有停车场昏暗的灯光洒进来，闪动着萤火虫一般的光亮。看她穿的棉衣，就知道也是知青，我们称之为“兵团屎绿”，好听点儿，叫“国防加强特别绿”。

列车缓缓驶动，要进站了。这时候，车厢的车门开了，一个列车员打着手电走了进来，像是进站前的例行检查。我们两人想赶紧钻到座位底下藏起来，却已经被列车员发现，被赶下车的危险来临了。

列车员先走到那个姑娘的前面，停住了脚步。姑娘旁若无人，还在望着窗外，手电光朝她打了过去，窗玻璃上映出姑娘的脸影。我以为姑娘会被突然的手电光惊着转过脸来，没有，她很镇静，依然一动不动地望着窗外。列车员在她的身后停了一会儿，什么话都没有说，走到我们面前，也什么话没说，只是望了我们一眼，走了。

同伴跟我说：“谁家里没有插队的知青？一看咱们这一身打扮，还看不出来是知青，还跟咱们较劲？”

我觉得我们沾了那个姑娘的光。

列车驶出佳木斯到哈尔滨，一路上，只要一抬头，总能看见她。很多时候，她都望着窗外，偶尔对面的火车驶过，灯光辉映，扑满水蒸气的车窗上映出她的脸影，朦胧而明亮。有时候，列车员走进车厢查票，没有查姑娘，也没有搭理我们俩。我看清了，是个中年男人，一脸糨糊，不苟言笑。

很多年以后，读川端康成的《雪国》，也写到在雪夜，在列车车厢的窗玻璃上，小说男主人公看到了一个姑娘的脸影。作者写道：窗外的“景色在姑娘轮廓周围不断地移动，使人觉得姑娘的脸也像是透明的”。他又写道：“雪夜的宁静渗入他的心底，那是因为他被那个女子吸引住了。”

几十年过去了。我没有忘记那个姑娘，也没有忘记那个列车员。那个从佳木斯驶向哈尔滨的雪夜，那么宁静。

2024 年 10 月 8 日写毕于北京

雨四季

一

1960 年，我读初一。那时，宋庆龄支持的刊物《少年文艺》，让我痴迷。每月一期，每本一角七分钱。我从小学四年级开始买，每一期都买。在此之前出版的《少年文艺》，我没有看过，非常渴望看到，便到前门和西单的旧书店寻找，买到了几本，远远不全。我渴望看全它们，少年的心，就是这样贪婪，渴望占有。

上了中学，我有了公交车的月票，可以坐车到首都图书馆，想那里应该有全部的《少年文艺》。那时候的首都图书馆，在国子监的大殿里。

记忆里，那样清新，清晰。是初春一个星期天细雨飘洒的上午，我坐在大殿里，借来一本本的《少年文艺》，看得有些累了，瞟了一眼窗外，忽然看见，院里那一排柳树的枝条是那样绿。因为枝条上沾满晶莹的雨珠，绿得越发湿润和清新，枝条在风中轻轻摇曳，像在半空中荡漾起了绿色的涟漪。以前，我从来没有见过这样沁人心脾的绿；见过春雨，却从来没有见过融化在这样绿色之中的雨。那时，我不知在哪本书里看到了“含泪带啼”这个词，觉得形容眼前绿枝上晶莹的雨珠挺合适。

那一年，我十三岁，一个孩子眼中的春雨，带有那个年龄似是而非的心情和感情。虽然似是而非，却是最为纯真的。六十四年过去了，国子监的春雨，似乎总还飘洒在眼前，只要一想起，就会想起“含泪带啼”这个词。

二

1971年，我在北大荒，和同学老朱过七星河去找龙云，当了一回蒋干过江的说客，把一点儿也不情愿的龙云，生生拉回我们二队。

上两年，兵团组建，我们在二队的同学被分得七零八落，龙云分到十九连。那时，他和同一台康拜因的一个北京女知青有那么一点意思，临别时，犹豫再三，对那个女知青说：“我走以后希望你能够给我写信。”那女知青连想都没想，不以为然地脱口而出：“你给我写信，我就给你写。”这样的回答，很让龙云心里搓火：本来和同学风流云散心情就不好，鼓足了好半天的勇气，才对你说出这番话，你倒好，拿着豆包儿不当干粮。

龙云和她再没有联系，彼此的自尊，像一把钝锯拉扯着时间和距离。那时，龙云已经调到了建三江的宣传队。同学秋子在二十五队当副队长，晚上，把我、老朱、龙云和那位女知青，一起拉到二十五队，把龙云和女知青放在他们队部，让他们两人好好谈谈，续上前缘。我们其他人跑到外面边聊天边等候佳音。

正是夏天，在野地里喂蚊子还好说，那天晚上，突然暴雨倾盆，劈头盖脑浇来。二十五队是刚刚建起来的新开荒点，周围一片荒原，躲都没处躲。唯一可以躲雨的地方，就是队部了。那间拉合辫盖成的小屋，有个比较宽敞的屋檐。你看看我，我看看你，虽然都觉得人家正在里面进行重要的会谈，我们躲到那里去，有点儿听墙根儿的感觉，不大合适。但是，面前越下越大的如泼暴雨，一时半会儿没有停下来的意思，最后，我们不得不跑到那屋檐下躲雨了。

其实，那一夜莽撞如牛的暴雨，已经把我们淋得浑身连裤衩都湿透了，再躲在屋檐下，没有什么意义。但毕竟屋檐下有灯光从屋里透出，给了我们一点温暖，使远处传来的隆隆雷声不再那么可怕。暴雨如注，敲打在荒原和茅草屋顶上那激越如鼓的声音，也显得温柔许多。

五十多年过去了。青春时期再尴尬无奈的往事，也变得让人无比怀念。

而今，龙云和这位女知青，都已先后去世。只有那间拉合辫的茅草房，总还浮现眼前。青春的那场豪雨，依旧倾泻不停。

三

1975 年冬天，我在北京郊区一所中学里教书。那时候，我从北大荒调回北京一年多，当高二一个班的班主任。那一年冬天，心血来潮，我带学生去了一趟天文馆。这些学生，都是第一次来天文馆。

我也是第一次。

我的笔记本里，记录了那次天文馆之行：

> 圆圆的顶，洁白，像云海。渐渐地，暗了下来，星星一下子跳了出来，圆顶变成海水一般蔚蓝，变得苍茫起来。四周闪动着北京城的万家灯火，暗红，明明灭灭。优美抒情的乐曲响起来了，你好像跟随着乐曲一起飘向蓝天，在星星中间穿行，飞进漠漠遥远的宇宙。乐曲真美，星空真空，

广播员的声音真甜。我好像觉得整个世界整个宇宙都美了起来。看不清座位旁边学生们的面庞，但我觉得他们也都是美的。

宇宙真大，星星像米粒，但它们离我们有好几亿光年那么远。比起它们来，我们是多么渺小。

走出天文馆，天下起了雨。已经是冬天了，没下雪，倒下起雨来，天空真是奥妙不可测。

“下雨了！”有学生说。

“真冷啊，刚才多么暖和呀！”又有学生说。

“是啊，一走出来，觉得世界和刚才看到的，是那么不一样！”又一个学生这样说。

“还是星空美，还有美妙的音乐……”

“哼！那不过是天文馆里的星空，真正的星空，哪儿来的音乐？”

……

听学生们这样七七八八议论着。

我和学生们没有想到大冬天的会下雨，都没有带雨伞，我带着他们赶紧向公交车站跑去。幸亏雨不大。雨中，还能听见他们有些兴奋，在议论不停。

幸亏有当年的笔记，让将近五十年前的那场冬雨，还能飘洒在眼前。如今，这些学生都已经过了退休年龄，他们见到的世界，更是和当年在天文馆里见到的美妙星空，大不一样。

天文馆，我再也没有去过。

四

大约 1985 年的秋天。快要下班的黄昏，突然接到她的电话，很有些惊喜。我以为是从哈尔滨打来的长途，她大学毕业留在哈尔滨工作。我好久没有见到她了。电话里，她告诉我她刚从上海出差回来，准备回家看看她的父母。她又说："我在崇文门地铁站呢，你过来咱们见见吧！"

天正下着雨，虽说细雨如丝，我没带雨衣，骑着自行车赶到崇文门，也淋湿了肩头，一眼看见她在地铁站出口。她提议回老街走走，我推着车，她撑开一把伞，伞如花盛开在我的头顶。我和她往南走一点，轻车熟路，拐进西侧的老街。我们从小在这条老街上长大，她家在北，我家在南，相距不足百步。一晃，我们已经人到中年，老街不老，跳跃着我们童年、少年和青春的影子。

先走到她家大院的门前，一个她的邻居，正站在大门前，和她寒暄了几句，瞥了我一眼，客气地邀请我们进院看看。那话说得有些言不由衷，我们也客气地和她告别。走到我住的大院门前，望着那扇斑驳的黑漆大门，望了一会儿，也没有进去。

忽然，她指着大门，对我说："以前，每一次到你家找你，都希望是下雨天！"

读高中时，几乎每个星期天的下午，她都要来我家找我聊天，天马行空，什么都聊，不知道那时候怎么有那么多废话，让我们乐此不疲！我家住在大院最里面，每一次她来我送，都要穿过长长的甬道，旁边屋子窗户前，都会趴满街坊好奇的面孔，我们会走得格外匆忙。下雨天，我家只有一把黄油布老伞，我嫌伞又破又旧，就挤在她的伞下，却会隔开距离，相互躲闪着，生怕肩膀相碰，显得过于亲密，让玻璃窗前的街坊看见。一路细雨打湿我们的肩头，一路街坊们的目光，落在我们的身上，像芒刺，也像花开。

说完这句话，她笑了，我也笑了。往事历历，满血复活，秋雨潇潇，恍若梦中。

前几年，读川端康成的小说《雨伞》，写一对少年雨中共打一把伞的情景："少年默默地将雨伞移过去给少女挡雨。少女只有一侧肩膀在雨伞下。尽管挨淋，少年却难以启齿说出'请过来'，然后让少女靠近过来。少女也曾想过用一只手扶住伞把，但总是想从伞下溜走。"忽然，想起当年走过大院长长的甬道，雨中共打一把伞的情景。那时，是多么可笑，又是多么纯真。

也想起那年秋天重回老街站在老院大门前的情景。细雨梦回，淋湿我们的肩头。

2024 年 10 月 5 日于北京秋雨中

北国的树

一

北国的树，和南方的树截然不同。北国的树，是北方人的性情、北国山水的精魂的外化。

五十六年前的夏天，第一次来到北大荒，正赶上麦收。生产队给每个新来的知青发了一个镰刀头，没有发镰刀把。队上的一个老农对我说：“走，我带你找个把儿去！”我跟着他第一次走进一片老林子，见识到北国的树，是那样莽莽苍苍，郁郁葱葱，浩浩荡荡一片，一扫在公园里司空见惯的那些笔管条直的树的小家子气。

在一棵高有十几米的大树前，他用刀砍下一根枝子，恰到好处有个弧度，他随坡就弯，用刀削了削，递给我说：“看合不合适？”握在手里，还真合适。它的树皮很厚，很柔软，剥去表皮，木栓层那种鲜黄的颜色，让我的眼睛一亮，我还从来没有见过这样黄得灿烂如金的树木。中间的木质部分，依然是黄色，只是淡了一些，那种柠檬一般的黄色，让人感到那样清新而纯净。

这是黄檗。我第一次见到。

这是我特别喜欢的一种树。它五月开花，黄绿色，并不起眼。但到了冬天，万木凋零，大雪皑皑，它那种鲜亮的黄色，真是跳跃得格外明目养眼。

那把用它做的镰刀把，一直在我手里用，镰刀头换了好几个，镰刀把却一直没舍得丢。

二

柞树，只有在北国能够见到。几乎所有树上的叶子都掉光了，它的树上还会飘着叶子，哪怕剩下仅仅单薄的几片，任再凛冽的朔风怎么吹，摇摇晃晃，摇摇晃晃，就是不肯落下枝头。那种顽强的劲儿，总让我忍不住想起在电影《保尔·柯察金》里看到的保尔，在朱赫来的一次次拳击下倒地，又一次次摇摇晃晃地爬起来，接着顽强再打的样子。这是只有那个时代才会涌起的联想和比喻。

柞树的叶子火红火红的，在平常的日子里，它并不显得怎么特别地红，但到了下雪天，它就像经过了化学反应似的，一下子红得耀眼，像是蹿起来的一团团炽烈的火苗，在和风狂吹乱舞的雪花尽情调情中，禁不住抖动着自己的身段，与雪花共舞一场《卡门》里的《斗牛士之歌》——当然，这是现在的联想和比喻，还有回忆。

三

白桦，更是要到北国看。大雪时分，白桦林最漂亮。雪没了树干老深，像是高挑而秀气的一条条美腿穿上了雪白的高筒靴。一片皑皑的雪，是一面晶莹的镜子，映衬得白桦林更加洁白，仪态万千。映在雪上白桦林的影子，比树本身还长，还婀娜多姿。

开春，是我最爱到白桦林去的季节。用小刀割开白桦树的树皮，会从里面滴下来白桦的汁液，露珠一样格外清凉、清新。

秋天到林子里去，能见到斑驳脱落的白桦树皮，可以一层层地撕下来，纸一样薄，似乎吹弹可破。但它韧性很强，而且雪一样白，沾上一层霜似的，茸乎乎的，特别可爱。用它们来做过年的贺卡最别致，只是那时我们谁也没想到。那时也不流行贺年卡。白桦林，并没有责备我们，它们有着足够的宽容和耐性，等待我们年老时用桦树皮做贺卡，怀念青春时的我们和它们。

后来读普里什文的《林中水滴》，他描写雪中的白桦林时忍不住问："它们为什么不说话？是见到我害羞吗？""雪花落了下来，才仿佛听见簌簌声，似乎是它们奇异的身影在喁喁私语。"——如今，想起北大荒的白桦林，仿佛还能听到白桦林的喁喁私语。

四

在北国，我最爱的树是椴树。春末时分，椴树开满一树小白花，在阳光的照射下，满树像是披挂上细碎的银片，风吹来，枝条上飞满闪闪发光的小精灵，带动得树都要飞起来似的。如果是一片椴树林，遮天蔽日的白花飞舞，那种轻舞飞扬的样子，像大海上的雪浪花翻涌，更是一种壮观。那是椴树一年四季最丰满、最妖娆、最辉煌的时候。

这时候，北大荒的老乡们，常会放蜂群，到树林里去采椴树蜜。椴树的花不香，蜜却很甜。而且有股独特的清新味。可以说，椴树蜜是北大荒的一大特产。

第一次尝到椴树蜜，是我到北大荒第二年的夏天。那时候，我一腔豪情，想充当一把急公好义的英雄，为队上被错打成反革命的几个老乡鸣不平，险些被进驻生产队的工作组也打成反革命。危难之际，是队上的老共产党员铁匠老孙站出来，对工作组说：“肖复兴就是个北京来的小知青，你们要把他打成反革命，我就上台陪斗！”

老孙救我出来，第二天收工之后，就把我叫到他家，进门就让他老婆端水给我喝。还没喝，一股子清香味就从瓶口溢了出来，瓶子的清凉已经通过我的手心渗进心里。是刚刚从井里打上来的冰镇水，是用椴树蜜冲的水。

1982 年的夏天，我大学毕业，专程回了一趟北大荒。先到我们队里的烘炉前，迫不及待找到老孙。他把手里的活儿交给徒弟，一把拉着我的手到了他家，赶紧叫他的老婆给我拿水喝。还是椴树蜜水，刚在井里冰镇好的椴树蜜水。

四十二年过去了，再也没喝过这样的椴树蜜水。也再没见过椴树。北国的椴树！

2024 年 8 月 29 日改毕于北京

草厂三条记忆

草厂共十条胡同，长巷共四条胡同，它们东西对称，各自呈弯曲状态，分别从西北向东南、由东北向西南，在芦草园会合，然后到北桥湾。在北京，它们是最集中的斜街。如果航拍照片，可以清晰地看出，草厂和长巷这几条胡同，几乎构成一个“人”字。讲究街巷布局横平竖直的北京城里，这是绝无仅有的一道景观。

这样的地理肌理，呈现的是水流的状态。清《京师坊巷志稿》里说：“正阳门外东偏，有古三里河一道……今天坛北芦苇园、草厂九条巷，其地下者俱河身也。”《明史·河渠志》里记载，三里河是明正统间修。明嘉靖三十二年（1553年），北京城修了外城之后，三里河已经干涸。也就是说，这些胡同，统统是在三里河的旧河道上建起的。胡同形成前，这里是朝廷的积草之地，朝廷所用的烧草、饲养牲畜用草，以及做窗帘或凉席，乃至保护雨中的城墙用的芦苇，大部分都是从这里而来（其余从台基厂和神木厂来）。也就是说，最早的草厂，是朝廷的后勤基地之一。草厂之名，由此而得。

这便是草厂胡同的前史。

草厂十条胡同，离我儿时住的粤东会馆最近的是草厂三条。穿过墙缝胡同，胡同南口正对着草厂三条北口，如果不是隔着兴隆街，它们能亲嘴。其实，近是其次，最重要的是，那里住着我的发小儿黄德智。

“发小儿”，是地道的北京话，必带尾音“儿”，透着亲切的劲儿，只可意会。一般的朋友，没有发小儿从童年到老年那样漫长时间的履历。这样漫长时间的加持，成为感情之树的年轮，不是谁想刻就能刻上去的。从这一点讲，发小儿和你在一起的时间，可能比你和父母，和妻子、孩子在一起的时间还要长久。

黄德智就是我这样的一个发小儿，我和黄德智从小一起长大，有整整七十年的友谊。他家境殷实，父亲是资本家，母亲是在旗的格格。他家宽敞，在草厂三条路西，住在一个独门独户的小四合院里。在整个一条胡同里，那是非常漂亮的一个院子，只有这个院子大门的门楣上有镂空带花的砖雕。大门上还有一副精美的门联：林花经雨香犹在，芳草留人意自闲。小时候，看不大懂，觉得词儿很华丽。长大以后，知道这是一副集宋诗联，前联寇准诗，后联欧阳修诗。

放学之后，为便于监督管理，免得学生放了羊，老师把就近住的学生分配到一个学习小组，这是那个时代校外学习一种普遍的管理方式。我和黄德智在一个小组，学习的地方就在他家，学习小组的组长，老师指定他当。从小学一年级开始，几乎每天放学之后，我都要上他家写作业，顺便一起疯玩。天棚鱼缸石榴树，他家样样东西都足够让我感到新奇。

开始，我们趴在他家那张大写字桌上，还安静写作业，后来屁股上就长了草，坐不住，开始玩，打打闹闹，很快就“大闹天宫”了。

在他家里，我从来没有见过他的爸爸，可能他爸爸一直在外面工作忙吧。每一次，出来迎接我们的都是他的妈妈。他妈妈长得娇小玲珑，面容姣好，皮肤尤其白皙。她没有工作，料理家里的一切。她说一口地道的北京话，很和蔼客气，看我们一帮小孩子在屋子里瞎闹，在院子里疯跑，没有什么不耐烦、不高兴，相反，夏天的时候还给我们酸梅汤喝。那是我第一次喝酸梅汤，是她自己熬制的，酸梅汤里放了好多桂花，上面浮着一层碎冰碴儿，非常凉爽、好喝。

玩完了，疯够了，天渐黄昏，倦鸟归巢，该回家了。我们走了，在胡同里还可以疯跑瞎玩，黄德智不行，他妈妈不让他出来，留在家里，还得临帖写大字。他妈妈走出屋，像送大人一样送我们，一直送到大门口，让我们非常不好意思于刚才在她家的“大闹天宫”。

一眨眼，童年就像一只调皮的小鸟飞走了，飞得无影无踪。

高中毕业，我去了北大荒插队，黄德智留在北京肉联厂炸丸子。分别之际，他送我一本《朗诵诗选》。这本书，上高二那年正流行。那时候北京常举办“星期天诗歌朗诵会”，蓝天野、郑榕、朱琳、舒绣文、周正、董行佶等好多有名的演员，在人艺、青艺、儿艺的剧场，轮番登台朗诵。我几乎每个星期天都去听“星期天诗歌朗诵会”，特别入迷。作家出版社将他们朗诵的诗，适时结集出版为这本书，一时畅销。当时，黄德智买到了书，我没有买到。书里有好多诗，如闻捷的《我思念北京》、张万舒的《黄山松》、郭小川的《向困难进军》、贺敬之的《西去列车的窗口》、韩北屏的《谢赠刀》……我特别喜欢。这本书，我曾经向他借过，在我的手上看了好长时间，一直没舍得还他，偷偷地想，如果他忘了跟我要才好呢，我就可以据为己有了。可是，他和我一样也喜欢这本书，后来还是跟我要了回去。这时候，他把书送给了我。

从北大荒回北京探亲的时候，我去肉联厂看他。一口足有一间小屋子那么大的大锅里，哪吒闹海一般翻滚着油炸的丸子，是他每天要对付的活儿。他要拿着一把大铲子，不停地搅拌锅里的丸子，再挥舞着一把大笊篱，把锅里的丸子一个个油淋淋地捞上来。

我指着这一锅丸子说："你多美呀，天天能吃炸丸子！"

他瞅了我一眼，说："美？天天闻这味儿，我都想吐。"

六年以后，我从北大荒回到北京，他还在那口大锅前炸丸子。

我在一所郊区的中学教书，没多久，查出血压高，医生给我开了张半休病假条。从此，我每天上午上完课，中午赶紧骑车回家，扒拉几口饭，就趴在我家的那张破饭桌上，开始悄悄地写一部取名叫作《希望》的长篇小说。每写完一段，晚上就穿过墙缝胡同，到草厂三条黄德智家，兴致勃勃地念给他听。

我们都还没有结婚，有的是时间，凑在一起，彼此倾诉和聆听，生活在臆想的世界里，暂时忘记了周围的喧嚣，忘记了日子的枯燥和贫瘠。爱好这一根单薄的柱子，独立支撑着希望窄小的天空。几乎用了一年多的时间，一直到我那部一千多页的稿纸、三十万字冗长的长篇小说写完，他从来都是张大眼睛，舔舔嘴唇，小猫吃鱼一般，从头到尾地听着，从春雨霏霏一直到大雪茫茫。

每次听完之后，他都对我说："不错，你得写下去！"然后，拿出他写的字和字帖，向我讲述他的书法，轮到我只有听的份了。这是他从小的爱好，天天写，一直到现在，白天炸丸子，晚上写书法。当然，我也只是说："好！"在那段憋屈的日子里，即使我们写得不好、写得很差，我们也要给对方打气，让已经干瘪的气球别再瘪下去，即使不能像鸟一样飞起来，多少充盈一些，好歹也得像青蛙一样蹦几下。我们既是上场的运动员，又是场外鼓掌的观众，我们就这样使劲儿地鼓励着对方，孤独地欣赏着彼此。除此之外，我的小说，他的书法，没有一个人知道，没有一个人看到，只有窗外春天的风吹，冬天的雪飘。

尽管最后我写的那部长篇小说《希望》，也没给我们带来什么希望，只成为一堆废纸。他却写下一幅横幅，六个楷书大字——“风景这边独好”，特意贴在他家的墙上。墨汁淋漓，无语沧桑，看得我眼泪汪汪，心里的那只瘪气球，又莫名其妙呼呼地鼓胀起来。

到现在我还总想起那些个难忘的夜晚，那是 1974 年开春到 1975 年春末，我们二十七到二十八岁，可怜的青春，只剩下了可怜的尾巴。我坐在床头，他坐在椅子上，几乎面对着面，能听到彼此的鼻息和心跳。我们就这样一个朗读着，一个倾听着；一个写着，一个看着；一直到夜深时分。他那秀气而和善的母亲轻轻推门进来，好心地询问着：“你们俩今儿的工作还没完呢？明天不上班去了吗？”

告别的时候，黄德智会送我走出他的小屋，一直送到草厂三条胡同的北口。夜深时分的街道，寂静得没有一人，只有街灯的灯光如霜，凄清地挥洒在我们的肩头。一年多的时间啊，几乎天天都是在这里分手，然后，我穿过墙缝胡同，一拐弯儿，就到家了。那条短短的黑黑的路，总让我充满了喜悦和期待，总觉得眼前晃动着他的影子，回头一看，还有他的影子。那种感觉，只有恋爱时才能与之相比。即使是没有星星和月亮的幽暗而冷风呼啸的寒冷夜晚，也会让我的心里格外明亮而温暖。

如今，草厂三条已经扩展成一条宽敞的马路，从前门大街直通两广大街。有时候，我会到那里走走，每一次都会想起黄德智和他家的小院，还会想起小学四年级的一件往事。

少年宫举办全区中小学生书法展览，我们学校，只有黄德智的一幅书法被选上。少年宫在芦草园，出草厂三条南口就到，不远。展览开幕那天，我和他一起去少年宫，我们的老师没有来，我们班上的同学没有来，连平常到他家写作业的学习小组里的人，一个也没有来。这让我很不高兴，替黄德智愤愤不平。他却说："你来了，就挺好的了！"

看完展览回去的路上，忽然下起雨来。开始雨不大，谁想不大一会儿工夫，雨越下越大，我们两人谁也不想找个地方躲雨，一直往前跑，觉得跑几步就到黄德智家了。跑到他家，我们都淋成了落汤鸡。他妈妈见我们狼狈的样子，忙去找来黄德智的衣服，非让我换上不可。然后，又跑到厨房去熬红糖姜汤水，热腾腾地端上来，逼我们一口不剩地喝光。

雨停了下来，我穿着黄德智的衣服，走出他家的大门，黄德智送我到胡同口，我又想起刚才喝的那碗红糖姜汤水，问他："都说红糖水是给生孩子的妈妈喝的，你妈妈怎么给咱们喝这个呀？"

他笑着说："谁告诉你红糖水只能是生孩子的妈妈喝？"

我们两人都忍不住咯咯笑起来。

笑声让我忘了刚才在少年宫的不快。

笑声回荡在如今草厂三条的马路上。

2024 年 8 月 7 日立秋写毕于北京

窗外的雨下着

张国英和王翠华，与我弟弟是中学同学，同住一条老街。她们两个人常到我家，找我弟弟一起玩或学习，和我很熟。

王翠华家住钱串胡同，是条死胡同，里面的房子又矮又小又潮；我家住粤东会馆，比她家好些；张国英住同泰店，一个大院子都曾经是她家的，即便那时她一家也住七间大房子，显然最宽敞。王翠华个子不高，胖乎乎的，在班上不大起眼；我弟弟调皮爱玩，是少体校足球队的；张国英一米七五，个子最高，在少体校打篮球，1965 年国庆节的仪仗方队中，她站在彩车上，和另一个排球队的男同学，一起高举五星红旗，经过天安门接受检阅。

很显然，在学校里张国英出类拔萃，显山显水。初三要毕业的时候，“文化大革命”爆发，张国英出身于资本家家庭，一下子更显山显水，不容分说，全家五口一锅烩，都被赶回河北香河农村老家。

第二年，上山下乡伊始，第一拨是去北大荒兵团。我弟弟和王翠华给张国英写了一封信，劝她赶紧回北京，到学校报名，一起去兵团，起码每月有三十二元工资，总比留在老家好。

张国英全家的户口，已经从北京迁到了香河农村，没有北京的户口，怎么去北大荒兵团？再加上自己的出身，她根本不抱这个希望，只是希望能尽快把全家的户口从香河再迁回北京。同泰店的房产，又不是自己的，不是父母的，是姥爷的呀，即便姥爷是资本家，当初姥爷经营的布匹，那么多年一直都是在悄悄地支援八路军啊！这样的功劳就不算了吗？

那一阵子，张国英常回北京申述，没少回老街，跑派出所和办事处。每一次，都是骑自行车，从香河到北京，又从北京回香河。因为同泰店她家的房子已经被人侵占，在北京没有落脚之地，她都是当天来，当天回，披星戴月，来回一百多里地呀！那年，她还不到十七岁。

1968 年的年初，这一天，她又一次骑车从香河回到北京，回到老街，办完事，天黑了，还突然下起大雨。这让她一筹莫展。这样的大雨，怎么往回骑呀？不往回骑，今夜又能住哪儿呢？望着从小在这里长大的北京和熟悉的老街，心头忽然涌出无家可归的凄凉感觉，直想落泪。

就在这时候，雨雾中闪过一个人影，走近一看，是王翠华。王翠华知道她家的情况，二话没说，一把拉住她，把她拉进钱串胡同她家里。

“这么大的雨，就在我这里住一宿吧，明儿天晴了再回香河。”王翠华这样对她说。

这一夜，张国英和王翠华挤在一个被窝里。在同泰店宽敞的家里住惯了，张国英没有和别人挤在一个被窝的经历。而且，屋子低矮潮湿，被子僵冷如铁。但是，张国英非常感动，她知道王翠华家就是这样的条件，同住老街，人和人，生活和生活，思想和思想，情感和情感，之间一直存在这样的差距的。只是平常的日子，这样的差距被表面的平静所掩盖；只有在特殊的日子里，才会凸显，见真章。今天，偌大的北京，整条老街，那么多曾经熟悉的人家，只有王翠华在大雨中命定般出现，并那样爽快地接纳了她。躺在冰冷的被子里，张国英的心里感到了温暖，她能感受到紧靠自己的王翠华的体温。窗外的雨下着，扑打着窗子，哗哗地响着，和着她和王翠华怦怦的心跳。

这时候，我弟弟去北大荒没有被批准，早在一年前的年底已经去了青海油田。

这一年的夏天，王翠华去了北大荒兵团。

张国英一个人骑着自行车，还顽强地在香河和北京之间来回奔波。

经年之后，我们都已经老了，往事依然年轻，因为往事中的我们年轻。前些天聚会，张国英对我说起五十六年前冬末雨夜的往事，对我说："就这一件事，就这一夜，一辈子我都忘不了，一辈子我都会记住王翠华，感谢王翠华。"

想到那个寒冷的雨夜，我想起了姜育恒唱过的一首老歌，开头有这样几句：

> 窗外的雨下着不知为什么
> 我忽然想起你唱的那一首歌
> 在这个世界上那悲伤与快乐
> 对你说早已不能够代表什么
> 你有你的原则有你的选择
> 你的语调始终是充满柔和……

我对张国英说了这几句歌词。她听后很是感慨。是啊，在这个世界上那悲伤与快乐，你有你的原则有你的选择。

那个雨夜，王翠华有她的原则和选择。

2024 年 9 月 17 日中秋节夜

曾经那面灰墙

人生的偶然，常在不可知的瞬间发生，如枝头的一片树叶，不知会被哪阵风吹落。有心者拾起，夹在书中，可以做一枚书签；也能够如一只蝴蝶，随另一阵风飞走，碾落成尘，不知所终。

1968 年的夏天，我去北大荒的前一夜，一位邻校的女生突然来我家找我。我认识她，但不熟，甚至都不曾和她讲过话。她只是和我同班的一个同学是好朋友，常到学校找他。我们学校是男校，在校园里，见过她的身影惊鸿一现，很亮眼。

那晚，她的到来，让我有些意外，不知道她为什么来找我。可能是我和她的那个朋友，明天要离开北京一起去北大荒吧，送别了他，挂角一将，顺便为我送行，属于友情之曲溢出的余音。

她没有进我家，只是在门外靠墙站着。那是一面灰色的围墙，顶着一溜儿金钱瓦，旁边有一扇月亮门，门里面是我们大院里的最后一个小院，院里有种满月季的小花园。星光月色明朗，映照得灰墙的影子朦朦胧胧，她清秀单薄的影子，贴在墙上，如一帧剪纸。

我已经记不得她对我说起什么，只记得雨后的墙上湿漉漉的，暗影里有什么东西悄悄在爬，不知是土鳖，还是蜗牛。再有，便是她的手指不住划着墙。不知道她为什么这样做，如今想起，会想起林海音《城南旧事》里的小英子，放学回家总爱拿着块滑石，顺着别人家的墙划，一直划到自己家门口。

那一年，我二十一岁，她十九岁，我的那位同学二十二岁。

我们去北大荒不久，她去了吉林插队。她常给我的那位同学来信，信的末尾，总会问候我一句，自然，依然属于挂角一将。有一次，她的信里夹了一块村里产的奶酪，可惜，没让我尝一口。年轻时候的友情和似是而非的爱情，伴随着那个激情四射又动荡不安的时代，如同波浪起伏中的小船，自我无法驾驭，却以为弄潮儿向涛头立，轻舟已过万重山一般，可以漂到缥缈而美好的远方。

由于我和我的那位同学从北大荒回到北京，这么多年，一直来往密切，便和她一直也有联系。我们的聚会，常会叫上她；她的聚会，也常会叫上我。有时候，我觉得自己像是他们两人中间的电灯泡；有时候，又觉得是他们之间感情的桥梁或润滑剂。他们两人把自己的友情真诚地分享给我，便想当然地享受这一份友情，自然，也要同时分担这一份友情带来的苦恼乃至痛苦。这样的苦恼和痛苦，是所有感情都必然连带的成分，枝叶相连，皮肉难分。

印象最深的是，阴差阳错，花好月难圆，不知道到底发生了什么，他们的感情突然出现了分裂，说是“银瓶乍破水浆迸，铁骑突出刀枪鸣”，也一点儿不为过。一切来得那样意想不到，我的这位同学要结婚了。她听到消息后找到我，要我陪她去他家看看。我劝她：“事已至此，看什么呢？别去了，免得彼此尴尬。”但是，她坚持要去，我只好陪她去了。看到了什么呢？看到了新房，看到了新娘，看到了曾经梦的破碎，看到了逝者如斯的青春岁月……

那一晚，从同学家走出，她执意不肯回家，我陪着她一直走到长安街，走了长长一路。腊月的寒风，吹动着长安街旁那一排高大的白杨树上未落尽的树叶，海浪般哗哗作响。

流年暗换中，我们都已经垂垂老矣。青春的梦，如烟花一瞬，再迷惑人眼与人心，再曾经让我们激动不已，恼怒不止，遥想不禁，那么迅速，就已经消失殆尽。前不久，路过城北蓟门桥，车子在立交桥上飞驰而过，忽然想起曾经读过一首清诗，其中有句“蓟门雪尽生烟树，禁苑风高报午钟”。禁不住想起那一年冬日大雪过后，我们三个人久别重逢，在这里蓟门饭店难得一聚的情景，不觉恍如隔世。那时，我们不算年轻，却没有如今这样老不堪言，还真的只是“风高报午钟”时分。酒酣耳热，说起往事，一切都冰消雪释，仿佛重回昔日时光，友情胜过爱情。而今，蓟门饭店早已不在，被立交桥和桥畔的高楼取代。就如同时光无情的更迭与变换，连“去年今日此门中”的情景都不会再有，更不要奢谈“人面桃花相映红”的重现。

一场疫情，突如其来，蔓延世界，更是意想不到地将人分隔于大河遥远的两岸。我的那位同学远在日本女儿家，四年未能回国。我和她倒是同在北京，却和大海相隔无异。彼此的联系，只靠微信或电话。虽说距离会产生美，但人和人的感情维系，光靠距离产生想象的美，是远远不够的。友情和爱情一样脆薄，经不起长时间长距离的隔膜。电子文本呈现的微信，比原来亲笔书写的书信，还要不可靠。从某种程度而言，任何感情都是一种物质，需要人与人之间实质性的直面接触与交流。疫情，也是一种物质，是一种恶物质，漫长的疫情，伤害的不仅是人的身体，更伤害了人的感情。这是以前我未曾想象到的，因为再动荡颠簸的十年“文化大革命”，也只是让她和我同学之间的爱情之花凋零，并没有让我们之间的友情破裂，这朵友情之花虽不鲜艳，却依然顽强绽开。我曾经相信，并写过一篇文章《友情比爱情更长久》。

但是，疫情来了。

有一天，她微信发给我两张照片，各是一串珠串，下坠一枚圆珠，圆珠下垂着红线绳坠。她问我知道为什么要发我这两张照片吗。我一头雾水，她立刻问我："还记得我以前对你说过，我父亲送我的那个朝珠吗？"我说记得呀。她告诉我前些日子，网上一次日本回流国内物品拍卖会上，她看见了照片，一眼觉得和父亲给她的那个朝珠相似，当场拍了下来。果如所料，从小孔看，里面有一尊佛像。现在看，不过是微雕技术。

这话说得感情有些复杂，五六十年过去，前后是童年和暮年惊心甚至是残酷的对比。我对她说，如果仅仅是这样，没有了童年的神秘和想象，意思就大不一样了。紧接着，我说了这样一句话："失而复得的事和梦，我是不会去做的。"我的意思是想说，此珠已非彼珠，花落在地上，是不会像鸟一样重新飞上枝头的。没有想到，这样一句话，她便不高兴了，立刻回复我说："这是一份父爱，我这样做了，我愿意。"

这话说得硬邦邦，有些赌气，口气颇重，却也是真情。我应该感到我们的交谈出现了问题，当止则止才是。可是，我不知轻重地补充一句说："那珠子看上去像是塑料的！"本还想说那红线绳坠未免太新，忍住没说。她立刻说珠子是玉的。话不投机，交谈戛然而止。

检点一下，尽管知道朝珠的经历，它与她至今所维系的父女之情，毕竟没有那么感同身受。每个人对感情对生活的感受与处理方式不尽相同。我不应该以自己的方式说人家，并要求人家认同，说得有些隔岸观火，自以为是，轻飘飘了。

几十年的友情，因为一颗朝珠，产生了无可弥合的隔膜。

也许，还有别的原因，我们都清楚或不清楚，但都没有说。

想起曾经相信的"友情比爱情更长久"，不禁动摇。在亲情、爱情和友情三种感情中，友情没有亲情血脉天然的维系，也没有爱情婚姻契约的约束，便会更自由，却也更松散，更脆弱，常会不知所终，中途夭折。或管宁割席，分道扬镳；或渐行渐远，无疾而终。曾经美好的友情，如晚霞织就的一天云锦，却也容易一天云锦散后，就是暮色沉沉。

我再也没有见过她，也没有见过我的那位老同学。

蓟门烟树和蓟门饭店，也早已不在。

长安街旁那一排高大的白杨树，也早已不在。

我们大院里那面灰墙和墙内的小花园，也早已经拆除。

忽然，想起歌手张蔷唱的一曲《手扶拖拉机斯基》。其中有这样几句歌词：在这莫斯科郊外的夜晚，听不到那崇高的誓言……加加林的火箭还在太空，托尔斯泰的安娜·卡特琳娜，卡宾斯基、柴可夫斯基，卡车司机、出租司机、拖拉机司机……曾经英俊的少年，他的年华已不再……

岁月如流，人生如梦，一晃，那么多年过去了，加加林的火箭还在太空，托尔斯泰的安娜·卡列尼娜还在书中，曾经的英俊少年，他的年华已不再……张蔷这歌唱的！从托尔斯泰、柴可夫斯基，由一个偶然冒出来的拖拉机司机，带出这样糖葫芦串儿一样的各种“斯基”，让张蔷唱得动感十足，活力四射，异常年轻。

其实，张蔷已经年华不再，我们更是年华不再，很多曾经的美好，都已经不在。

我家门前那面灰墙和墙内的小花园，也早已不再。灰墙拆除后的院子，显得轩豁许多。我家还在原来的位置，被翻盖一新，簇新得不认识了。不知为什么，总还会时不时想起原来家门对着的那面灰墙，想起雨后湿漉漉墙上的暗影里有什么东西幽幽在爬，不管是土鳖，还是蜗牛。

2024 年 4 月 10 日于北京春雨中

辑二 放一架钢琴在海边

那天晚上，他对我说了这样一句话，过去了那么多年，我总也忘不了。他说：“如果能有一架钢琴，放在大海的海滩上多好啊。”

百岁王火

1947 年，王火先生尚未从复旦大学新闻系毕业，还只是一个二十三岁的小伙子，在上海《大公报》发表了《被侮辱与被损害的——记南京大屠杀中的三个幸存者》。这三个幸存者，一个是南京保卫战中的担架队队长国军上尉梁廷芳，一个是十几岁的小孩子陈福宝，一个是被日本兵强奸并残酷毁容的姑娘李秀英。可以说，王火是第一位报道南京大屠杀的中国记者。

那一年，我刚出生。

五十年后，1997 年，在首都机场，我第一次见到前辈王火先生。那时，他七十三岁，但我一点看不出来他这样大年纪。他身材瘦削，身着一身干练的西装，更显俊朗挺拔。一看就是一介书生，温文尔雅，曾经血雨腥风的岁月，似乎没有在他的身上留下一丝痕迹。

那一年秋天，我们一起去欧洲访问，他是我们中国作家代表团的团长。他的三卷长篇小说《战争和人》刚刚获得茅盾文学奖，但是，看不出一丝春风得意的痕迹。他是一位极谦和平易的长者。我们一见如故，他待我那样亲切，仿佛是早已相识多年的友人。

那一次，我们一起访问了捷克、塞尔维亚和黑山共和国，以及奥地利。我和他一直同居一室。他步履敏健，谈吐优雅，颇具朝气，就是夜晚熟睡时打呼噜，我有些睡不着，悄悄搬到客厅去睡。第二天早晨醒来，我很不好意思，他却不怪我，相反道歉说自己确实呼噜震天，吵了你啦！我连忙对他说："这说明您身体好，像年轻人，才会这样呼噜震天！"他听后指着我呵呵直笑。

最有意思的是在塞尔维亚，常有诗歌朗诵会，最隆重的一次是在贝尔格莱德的共和国广场，四围成百上千的群众，来自 25 个国家的作家代表团都要派一个人登台朗诵。王火赶鸭子上架，派出了我。我根本不写诗，儿子正读高二，爱写诗，只好临时朗诵了儿子的一首小诗。不管底下的人听得懂听不懂中国话，一通招呼，下台后，他夸奖我朗诵得不错，我觉得只是鼓励。他比画着手势，又说："真的，刚才一位日本诗人夸你朗诵得韵律起伏呢。"

在捷克，我向他提出希望能够到音乐家德沃夏克的故居看看，但行程没有这一安排。他知道我喜欢音乐，便向捷克作协主席安东尼先生提出，希望满足我的这个愿望。年过七旬的安东尼先生亲自开车，带我们到布拉格外三十公里的尼拉霍柴维斯村。那里是德沃夏克的故居，房前是伏尔塔瓦河，房后是绵延的波希米亚森林，林间树叶火红金黄翠绿杂陈，如一幅色彩浓郁的油画，是我见到的捷克最漂亮的地方。

在布拉格，王火先生向我们提议，一定要去看看丹娜，为她扫扫墓。我学识浅陋，不知道丹娜是谁。他告诉我捷克和我国文化交流的历史：和鲁迅有过交往并得到鲁迅赞扬的普实克，是捷克的第一代汉学家；丹娜是捷克的第二代汉学家，对中国非常有感情，编写了捷克第一部《捷华大词典》，翻译过袁静和孔厥的长篇小说《新儿女英雄传》、艾青的诗歌等很多中国作家的作品。可惜，1976 年不幸车祸丧生。这二十一年以来，一直没有中国作家看望过她，我们是这二十一年到捷克的第一个中国作家代表团，不能忘记老朋友，应该去为她扫扫墓。

那一天，布拉格秋雨霏霏，我们跟着他，倒了几次地铁，来到布拉格郊外很偏僻的奥尔格桑公墓，找到被茂密林木和荒草掩盖的丹娜墓地。由于有雨有风，他点了好几次火柴，才点着祭奠的蜡烛。我看见顺着他的脸庞和风衣滴落的雨滴，还有他的泪滴。我发现他是极其重情重义的人，即便对素不相识的丹娜，也怀有一份真挚的情感。

回国之后，我看见了王火先生写的一首诗，记录这次祭拜丹娜，其中有这样的诗句：

从十月的北京飞到金色的布拉格，
我们带来了中国作家对你的怀念。
……
我们点燃了一支凭吊的蜡烛，
这美丽的烛光就是献给你的无声的诗篇。

我知道，他只写小说，从不写诗。这首朴素的诗，可见他心地的真诚与感情的真挚，以及对文学、对友情、对人的感念。

那天，从布拉格城里到郊外奥尔格桑公墓，乘坐地铁，出地铁站，下滚梯的时候，他一脚没有踩稳，整个身子突然向后倒下。我正好站在他的身后，自然赶紧扶住了他。就是这样一件是谁都会做的小事，他一直对我不住感谢，每一次见面，都要说起这件小事，而且，还专门写了文章，特意表扬我，我非常不好意思。

这就是他的为人。对他人，不拘细流，犹记点滴；对自己，禅心静悟（他出过一本《禅悟》的书），真情勇出。后来，我听成都的朋友对我讲起他的一件往事：他曾经奋不顾身跳进水中，救起一个落水的孩子，却使得自己的一只眼睛失明。这样舍己救人的事情，他从来没有对我透露过一丝一毫。以后，再见到他时，我仔细看过他的眼睛，真的一点儿都没有看出其中一只是假眼，觉得都是那样明亮，如同年轻人。过去老话说心明眼亮，真的是心明才能眼亮。心明，就是干净，不存一点渣滓。他是我少见的一位心胸坦荡而干净的人。

在文坛上，资历深厚的王火先生，一直低调为文，淡泊为人，尘务经心却不染尘埃，荣誉加身却不逐名利。他再次出现在人们的视野，是他的上、下两卷新书《九十回眸——中国现当代史上那些人和事》出版后的 2015 年。这一年，恰逢反法西斯战争胜利 70 周年。这一年，他九十一岁。近七十年前，刚从复旦大学新闻系毕业不久的他，凭着年轻人的一腔热血和良知，采写了南京大屠杀以及审判日本战犯和汉奸的新闻报道。近七十年漫长的岁月中，他经历了多少事，见识了多少人，走过多少地方，写过多少文章，“涧深松老忘荣谢，天阔云闲任卷舒”。《九十回眸》是一部厚重的大书，可谓风烟一纸，书味满胸，与他的长篇小说《战争和人》，双星并重。

流年似水，一晃，这么多年过去了。除了在北京开会时我见过王火（他还专门请我吃西餐），一直再也没有见过他。这中间，我们偶尔通信、打电话，彼此问候，更多是他读到我写的一点单薄的东西之后给予我鼓励。

他的夫人凌起凤去世，对他的打击最大。他对我说过，他的夫人是民国元老凌铁庵之女，正经的名门闺秀。他们的爱情，在《九十回眸》一书中有专门的描述，可谓乱世传奇。当年，夫人在香港，为和他结婚，佯装自杀，才逃离香港，回到家乡，算得是蹈海而归。日后的日子，夫人跟着他颠沛流离，辛苦尝尽，对他支持很大，他称她是自己的“大后方”。在他的信中，在他的文章中，我都体味到他对相濡以沫的夫人的那一份缱绻思绪，情意弥深，琴瑟甚笃。

说实在的，无论隔空读他的信，还是和他直面接触，都没有感觉他的年纪会这样大。读他的信，信笺上字体非常流畅潇洒；和他交谈，更觉得他思维敏捷而年轻。没有想到，今年，他居然一下子就到了百岁高龄！

2014 年初，曾经寄他两本我新出版的小书，其中一本《蓉城十八拍》，是 2012 年春天应朋友之约，专门写成都的断章。在成都赶写这本书时，因订好机票马上去美国，行色匆匆，心想下次吧，便没去看望他。他接到书后立刻给我写了一封信，责备我道：“惠赠的两本书里，出我意料的是《蓉城十八拍》。看来您是到过成都的，在 2012 年。您怎么没来看看我或打个电话给我呢？我可能无法陪您游玩，但聚一聚，谈一谈，总是高兴的。您说是不？”

在同一封信中，他这样说：“匆匆写上此信，表示一点想念。我身体不太好，但比起同龄人似乎还好一些。如今，看看书报，时日倒也好消磨，但人生这个历程，在我已经是快达到目的地不远了。”读到这里的时候，忍不住想起暮年孙犁先生抄录同样暮年老杜诗中的一联：“雕虫蒙记忆，烹鲤问沉绵。”文人老时的心情是相似的：回忆自己的文字，想念远方的老友。我的心里非常难受，愧疚去成都未能看望他。总想以后还会有机会去成都的，谁想一晃王火先生已经百岁，我也奔八十去了，竟然再也没有一次机会去成都。很多事情，都不能拖，很容易在时光流逝中错过。

还有一件事，很难忘，只要想起王火先生，便会忍不住想起。

那一年在维也纳，费尽周折，大使馆人员接我们出了机场，已是夜幕垂落时分。大使馆人员知道我们都是第一次来维也纳，让车子特意在美泉宫绕了一个弯，让我们看看那里美丽的夜景，然后驶向前面的一条小街。堵车像北京一样，车子不得不停了下来，我们只好隔着车窗看夜景。这时候，王火先生一眼看见车前一家商店闪亮的橱窗，情不自禁地叫道：“我女儿也来过这里！”这让我有些吃惊，吃惊于平常一向矜持的他，竟然叫出了声；也吃惊于我们都是第一次来维也纳，他怎么就这么肯定，这里一定是女儿来过的地方。我把疑问甩给了他，他肯定地对我说：“我女儿去年来过维也纳，就是在这个橱窗前照过一张照片，寄给我过！”我知道，他的小女儿在英国。橱窗明亮的灯光，在他的眼镜镜片上辉映，那一刻，一个父亲对女儿无限的情思，毫不遮掩地宣泄在他的眸子里。

维也纳那一夜的情景，如同一枚经年不化的琥珀，至今依然恍若眼前，晶亮而温暖。真的，做一个好作家，做一个好父亲，做一个好丈夫，还有，做一个好朋友，也许都不难，但能将四者兼而合一，且能像王火先生做得那样好，并不容易。“仁者寿”，信言不虚。

2015 年，读过《九十回眸》后，我曾经写下一首小诗致王火先生：

九十回眸雨后晴，当年挥笔在南京。
白头痛说忠和义，碧血惊书战与争。
老树已随双凤舞，大山犹见一江横。
蓉城春色来天地，依旧文章火样情。

诗中的“双凤”，指的就是他的两个女儿。重新翻检旧诗，谨此贺王火先生百岁寿。

2024 年 4 月 22 日写毕于北京

生命的尽头是一束花

1983 年的 3 月，台北已是春意盎然。阳明山下，双溪水前，草色和柳梢萌动着蒙蒙的绿意。

漂泊大半生的张大千，住在双溪水侧他自己建造的摩耶精舍里，这里是他一生最后的家。张大千让夫人把他刚刚在台北出版的《张大千书画集》第四卷拿出十四本，放到画案上，他要给“那边的朋友”签名留念。夫人知道，这是他早想好的事情，画集出版前，就对她讲过好几次了。

“那边的朋友”，是他最近这几年常说的话，谁都明白，指的是在海峡那边大陆的书画家朋友。自从 1949 年离开大陆，他再也没有能够见到“那边的朋友”了。朋友，还要分这边和那边，一道“天堑银河”，将朋友分隔两地，让朋友之间多了思念和牵挂。每次从张大千的嘴里说出“那边的朋友”这句话的时候，都显得有些沉重。

前一年的 4 月，蒋经国先生刚给他颁发了“中正奖章”，褒奖他的艺术成就与贡献，今年，他又出版了这本《张大千书画集》第四卷，算是这一辈子的最后冲刺之后的总结了。张大千明显意识到，无论是自己艺术的生命，还是肉体的生命，都到了尾声。久经沧海，他已经看尽生死，四年前就立好了遗嘱。最近一段时间，身体状况急剧下滑，他心里很清楚，自己已是风中残烛，命悬一线，来日无多，得赶紧抓紧时间，做些自己最想做的事情。为“那边的朋友”签名送书，留下最后的纪念，就是自己最想做的一件事情，他一直焦急等待着画集的出版。

夫人听到他的话后，刚要去拿书，他又说了一句：“拿十三本吧！”夫人有些奇怪，刚说拿十四本，怎么一眨眼的工夫就少了一本？他望了望夫人，叹了口气，说道：“伯驹已经不在了。”屋子里一下子静得出奇，他的那口叹气声，久未散去，仿佛一片落花，还在风中盘桓。

夫人立刻明白了他的心思。这些日子里，他的心里一直惦记着张伯驹先生呢。同为收藏家，又同为戏迷，他们是从年轻时就交往的老朋友，1936 年，为帮助张伯驹买那幅《平复帖》，张大千没少专门跑去找溥心畬，他和张伯驹相交甚深。张大千到台北之后，天远水长，和张伯驹再也没能见面，这是最使得他心焦的事情啊。漫长岁月跌宕里，老朋友的命运沉浮，张大千多少听说一点儿，让他忧心忡忡。

七年前，1976 年，大陆“四人帮”被粉碎了，后来张伯驹平反了，这样的消息传来，劫后余生，让人感喟，让张大千欣慰。遗憾的是，海峡两岸，还不能往返走动，徒凭思念成灰，却难以见上一面。

1979 年，终于听说张伯驹夫妇应香港好友之邀准备到香港，张大千兴奋异常。如果张伯驹到香港，他就可以从台北飞往香港，和阔别三十年的老朋友见上一面了。他立刻驰书一封，经由香港的朋友转寄到张伯驹手中。在这封信上，张大千直抒思念之情："伯驹吾兄左右：一别三十年，想念不可言。故人情重，不遗在远，先后赐书，喜极而泣，极思一晤……企盼惠临晋江，以慰饥渴。"同时又说，已经嘱咐香港的朋友为张伯驹和夫人订购了两张北京—香港往返机票，并请张伯驹的夫人（潘素，同为画家）多带她的画作，准备为她在香港举办画展。所写的内容之详尽，安排之周到，可谓情深意长，真的是思饥念渴。可惜的是，张伯驹此次香港之行因故未能成行，给企盼中的张大千一盆冷水浇头。那样的打击，让他几日寝食难安，徒任思念如水无情蔓延，无法拢岸。

一年前，1982 年 1 月，听说张伯驹病重住院，张大千心里很是担忧，毕竟年龄摆在那里，岁月不饶人啊。那时，在美国的孙子正要从美国到北京，张大千嘱咐孙子到北京立刻去医院看望张伯驹，并叮嘱孙子"一定要拍一张和你张爷爷的合影寄给我"。孙子哪敢怠慢，到北京之后立刻赶往医院，和张伯驹合影留念。张伯驹在病榻上还写来诗以慰思念之情，诗中有句：“别后瞬过四十年，沧波急注换桑田”“一病方知思万事，余情未可了前缘”。张大千看着心痛。

更让张大千心痛的是，不到一个月，张伯驹撒手人寰。

想着这些往事，张大千不禁一阵伤感。如今，自己和张伯驹一样也在病重中，“一病方知思万事，余情未可了前缘”，伯驹的诗写得好呀，写的正是现在自己的心情，至死未能相见，真是前缘未了啊，如何能不感怀至深，伤怀不已？

如今，即使在画册上签上伯驹的大名，又往哪儿邮寄呢？

夫人已经将十三本《张大千书画集》抱了过来，放到画案上，一本本把书翻开到扉页。张大千戴上老花镜，开始在书上签名，他早已经想好，这十三本书分别送给李可染、李苦禅、王个簃、田世光、何海霞……一共十三位画家，都是“那边的朋友”。

夫人绝对没有想到，当张大千签到第十三本书的时候，手中的笔突然滑落到了地上，随之身子一歪，倒在地上。

八天之后，张大千溘然长逝。

遵照张大千遗嘱，他所收藏的历代名画全部捐献给台北故宫博物院。这些隋唐到宋代的名画，价值连城，其中最为名贵的，是宋代董源的《江堤晚景》，这是 1945 年在北平他用了准备置办房屋的五百两黄金，外加 20 幅历代名家画作换来的国宝。

无论当时，还是如今，人们站在这幅《江堤晚景》画前，都会想起张大千，也会想起张伯驹。当年，张伯驹是用自己一座占地十三亩的清代王府庭院变卖成二十四条黄金，买下的隋代展子虔的名画《游春图》。同《江堤晚景》一样，《游春图》也是国宝级的名画。同张大千一样，张伯驹也是将画捐献给了博物院——北京故宫博物院。不知有多少人会想，这两位老朋友真的是心有灵犀，当年是同样不惜倾其千金买下名画，后来又是同样无私地把价值连城的名画捐献给了故宫博物院。他们好像事先商量过了似的，一切的思想和行为的轨迹，是那样相同。都说心心相印，只有这样的朋友，才会这样心心相印。

两件国宝，两个同样国宝级的画家、收藏家，同样珍贵无比地站在我们的面前。这样的好朋友，在天堂再见面时，俯地仰天，问心无愧。

张伯驹比张大千年长一岁，比张大千早一年过世。他们都活到了八十四岁。这也是朋友之间难得的缘分吧。

每逢想起张大千和张伯驹“二张”这件陈年往事，我总会想起同为画家的夏加尔写过的一句诗：生命的尽头是一束花。是的，有的人生命的尽头只是一堆草，有的人生命的尽头才会是一束花。夏加尔的这句诗，像是专门为“二张”写的。“二张”配得上这句诗，在他们生命的尽头，是一束令我们敬慕的花。

2024 年 9 月 30 日三稿于北京秋雨中

放一架钢琴在海边

如今，孙岩这个名字，很少有人知道了。二十多年前，他很出名。他是位盲人钢琴家，是中国残疾人艺术团唯一一位钢琴独奏的演员。他成名比郎朗和李云迪都要早。

十多年前的春天，我跟随中国残疾人艺术团，从土耳其到波兰，在华沙，我和孙岩同住一室，有了深入交谈的机会。那天晚上，窗外夜色如墨，他忽然对我说现在他感觉外面像是一片海。

我很奇怪，问他怎么有这样的感觉。

他告诉我他其实从来没见过大海，只是想象到海，感觉到海。第一次来到大海边，是 2000 年到美国夏威夷演出的时候，他住的屋子阳台外面就是海，但是，他看不见海。夜晚，四周万籁俱静，坐在阳台上，他能听见海浪的声音，那时眼睛还能有一点点的光感，能够感受到蒙蒙的月光，甚至月光洒在海面上泛起的粼粼微光。

说着，他笑了：“其实，都只是我自己的想象。”

我对他说：“你想象得挺对，而且，挺美的，比真实的大海还要美！”

他又笑了，说：“你在安慰我！”

我说：“不是安慰，安徒生说过，只有在想象中，爱情才能环绕着灿烂的诗的光芒。安徒生说的是爱情，你说的是大海，是艺术。你是钢琴家，才会有这样的想象！”

他不说话了，垂下头，不知是有些感动，还是在沉思，或陷入想象。

过了一会儿，他对我说：“安徒生说得对，在这个世界上，一切事物和所有的人，对我们盲人来说，都看不见，都得靠我们的想象才存在。你比如说大海吧……”

他接着向我说了他想象中大海的样子，他说：“大海安静的时候，像莫扎特；大海有些微微的浪的时候，像肖邦；大海发怒的时候，像贝多芬；大海涨潮涌起的时候，像李斯特。”

他说的真的非常有意思，新颖，又贴切，是只有钢琴家才会拥有的想象中大海的样子。如果让我说大海安静或涨涌时的样子，我可能会说一平如镜或浊浪排空这一类的陈词滥调。他却说像莫扎特和李斯特，让两位伟大的音乐家蹈海而来。他让大海活在他的想象中，他让自己活在音乐里。

我知道，他最喜欢李斯特，从土耳其到波兰，一路在很多地方，他演奏的都是李斯特的《第六匈牙利狂想曲》。在李斯特的这首钢琴曲中，有他想象和向往的大海。

那天晚上，他对我说了这样一句话，过去了那么多年，我总也忘不了。他说："如果能有一架钢琴，放在大海的海滩上多好啊。"

我知道，那不再只是想象，而是他的一个梦。残疾人艺术团的孩子们的梦，都是那么美，那么新奇而独特，那么让人感动。也许是因为，他们对眼下这个越发纷繁变化的世界看不到、听不到、无法诉说吧，他们的梦，才比我们能够看见一切却已经熟视无睹的常人，更为丰富，更为清澈，更为动人，也更为迫切吧。他们的梦想，便在他们的艺术表演中，为我们创造了一个神奇的世界。如果，真的能够有一架钢琴，放在大海的海滩上，让孙岩为我们演奏一曲李斯特的《第六匈牙利狂想曲》，大海翻涌到海滩边的波涛，该是和孙岩的钢琴二重奏，是与他心的和弦。

那一晚，他对我说了好几遍，说外面的声音，真的很像是夏威夷的大海。其实，窗外是白杨树叶沙沙的细语。

2024 年 9 月 23 日于北京

孙犁的夹竹桃

今年是孙犁先生逝世22周年，想起他写过一组《乡里旧闻》。这是粉碎“四人帮”，孙犁先生复出后散文写作的开篇之作，其中包括《度春荒》《凤池叔》《干巴》三则。写的依旧是乡间的旧时情景、旧时人物，却与《白洋淀纪事》中所写的情景与人物，以及写作风格，大不相同。

老亭抗英外侵受伤，瞎了一只眼睛后回村，“没有留下什么英雄的称号，只是从此名字上加了一个字，人们都叫他瞎老亭”。村里的人，很少到他家去，只有一个老年寡妇，夜间和他做伴，给他潦倒残生最后的温暖。他死后，侄子凤池叔继承了他的三间土房，命运依然不济，甚至忍饥挨饿，虽也有邻村一女和他相依为命，最后却不知所终。孤苦伶仃的凤池叔临死前，卖掉那三间土房，才勉强为自己安葬，了却后事。另一个叫作干巴的男人，妻子产后饿死，他独自把孩子辛苦拉扯大，孩子不幸淹死，命运更加悲惨。他孤独一人，卖豆腐自己吃豆腐渣，兼替别人家埋葬死孩子，以此勉强度日为生。最后，“这种工作，一直到干巴离开人间，成了他的专利”。

看过《白洋淀纪事》，再读这样的文字，心中真是百感交集，乃至不忍卒读。以往乡间抗战烽火中奋不顾身昂扬振奋的乡亲，不用说更多的篇章，只看中学语文课本中读过的《荷花淀》中的水生和水生嫂，那样的勇敢、坚韧，以及像苇眉子一样“又薄又细”的温柔，在同样艰难困苦的生活中，对未来充满那样的期待和憧憬，一切霄壤两处，恍若梦中。

时代的变化，让孙犁先生不仅对生活的认知发生变化，对文体的选择和写作内容及其书写方式，也跟着一起变化。所谓笔随心走，而不像有的作者心如风向标，笔随时势而动。

在同一时期，孙犁先生写了一篇《欧阳修的散文》。他喜爱并推崇欧阳修的散文。在这篇文章中，他将欧阳修与韩愈做比较后，特意指出：欧阳修“遭受的坎坷，内心的痛苦，也非韩愈所能梦想。因此，欧文多从实际出发，富有人生根据，并对事物有准确看法”。欧阳修“遭受的坎坷，内心的痛苦”，其实也是孙犁先生刚刚经历过的。这里所说的“从实际出发”“富有人生根据”“对事物有准确看法”，这样三点要求，其实也是孙犁先生对复出后为文明晰的自我要求。所以，他不会再写以往“白洋淀”那样的小说，而写作《乡里旧闻》这样的散文了。

如果细读，会发现孙犁先生晚年的创作，尽是这样删繁就简骨瘦嶙峋的文字。在这篇《凤池叔》中，竟然有一段少见的闲笔，写到凤池叔家的夹竹桃，尽管只有这一笔，含而不露，全文再无别处提及这棵夹竹桃，却依稀能见一丝“白洋淀风”的影子：

> 我特别记得，他的身旁，有一盆夹竹桃，据说这是他最爱惜的东西。这是稀有植物，整个村庄，就他这院里有一棵，也正因为有这一棵，使我很早就认识了这种花树。

这种乡间风物，虽细微，但在孙犁先生以前的文章中，常会出现。《荷花淀》中的苇眉子、菱角、荷花，就是明证。

1948 年，孙犁先生曾写过一篇小说《浇园》，他让那个受伤在乡间养伤的小战士李丹，昏迷几天后睁开眼睛，第一眼看见的是“窗户外面早晨新开的一枝扁豆花”。又让这个战士能够下地，可以帮助乡亲打水的时候，看见井水里面“浮动着晴朗的天空，香菊的和鬼子姜的影子，还有那朵巍巍的小白葫芦花”。

1948 年出现的扁豆花、小白葫芦花，和 1980 年出现的夹竹桃，似曾相识燕归来。只不过，流年似水，三十余年已过，花非花，现实和现实中的感情不一样了。

2024 年 6 月 10 日

想起斯美塔那

今年是斯美塔那诞辰200周年。想起好多年前的深秋，在布拉格，我和同伴从胡斯广场去有名的查理大桥，主人特意带我们步行，为了好好看看伏尔塔瓦河，这是一条他们最骄傲的河。

那时候，布拉格旅游还没有那么热，沿着伏尔塔瓦河走，街道很宁静，没有旅游城市人流如鲫的嘈杂。过一个街口，我偶然看见一个蓝色的街牌，即使不认识捷克文，从字母上也能拼出斯美塔那来。心里一阵惊喜，莫非就是斯美塔那大街？便问主人，他们点头，并没有我他乡遇故知的感觉。

但是，这一发现当时让我隐隐地激动。将这条大街命名为斯美塔那，真是太恰如其分。而且，斯美塔那大街，这名字的音阶也极为悦耳。最重要的是斯美塔那专门写过一首伏尔塔瓦河的乐曲，而这条河就在旁边。

走在这条大街上，一下子像是和斯美塔那邂逅。

那一天，我们路过这里恰是黄昏，一街金色的树叶在头顶轻轻摇曳，一街金色的落叶在脚下瑟瑟作响。伏尔塔瓦河的河心小岛上更是美丽动人，那一丛丛金色的树木环绕成一幅绝妙的油画，树叶定格为金子制成，树的呼吸和河水的涟漪化为了一种旋律，一对年轻人正在旁若无人地拥抱接吻，成为画面中相得益彰最动人的一笔，天衣无缝地融化在金色的韵律里，让人觉得如果恋爱在这里才是无与伦比的，即使是普通的亲吻也会夹着那金色的韵律，浪漫无比，变成金色之吻。满树金色的叶子飒飒细语，在为他们伴奏，也在为我们伴奏，同时，也在为布拉格伴奏。

当然，这伴奏的旋律应该是来自斯美塔那的那首最著名的《伏尔塔瓦河》。一街高大树木上金色的树叶，在秋风中摇曳而出斯美塔那《伏尔塔瓦河》那一个个曼妙无比的音符。

这时候，心里响起斯美塔那《伏尔塔瓦河》的旋律：开始是长笛和单簧管奏出的美妙音符，紧接着是小提琴温柔的呼应和竖琴跳跃的泛音，然后，整个乐队有节奏地衬托着，此起彼伏着，无数条清澈的溪水从四面八方涌来，汇成了这条伏尔塔瓦河。这条河，因有了斯美塔那这首乐曲，而时时荡漾着这样动人的旋律。在夕阳和晚霞的辉映下，这熟悉的旋律和着眼前的伏尔塔瓦河，一起波金荡银，宛如从水仙女那明艳动人的童话中流淌而来。

《伏尔塔瓦河》，是斯美塔那交响诗套曲《我的祖国》中的第二首。来到布拉格的世界各地游人，即使不知道捷克本土的其他音乐家，甚至连斯美塔那也不知道，但走在伏尔塔瓦河旁，不会不知道这首《伏尔塔瓦河》。一个国家有这样一位音乐家，能为这个国家这样一条河谱写下这样经久不衰的乐曲，实在是伟大的。

特别是想到斯美塔那谱写这首《伏尔塔瓦河》时，正是突然双耳失聪的沉重打击到来的时候，会对这首《伏尔塔瓦河》涌起另外一种感情。想想当这首乐曲正式演出的时候，斯美塔那坐在音乐厅中，却听不见自己谱写的旋律了，该是什么样的心情和情景？他曾经不止一次地走过这条熟悉的街道，眼前伏尔塔瓦河流淌的声音，他听不见了；眼前这秋风拂动一街树叶的金色声音，他听不见了；街上走过来的他那些熟悉的朋友热情的招呼和陌生人们亲切的交谈，他听不见了……他该是何等痛苦。有时候，美丽的情景和美丽的旋律，就是这样和痛苦的人生、痛苦的心灵紧密地联系在一起，故意造成这种强烈的对比，让我们享受着美丽的同时，消化着痛苦。

斯美塔那大街的尽头就是查理大桥，中间要路过民族歌剧院、五一桥和以捷克伟大画家马内斯名字命名的俱乐部，路不算太长。这条路，斯美塔那不知该走过多少遍。自从

1861 年斯美塔那三十七岁从瑞典回国，到 1884 年六十岁去世，整整二十三年，他都生活在布拉格这座城市，他的许多伟大作品，包括这首最负盛名的《伏尔塔瓦河》在内的《我的祖国》交响诗，都是在布拉格写出的，那是他音乐创作收获的黄金时代。他同时参与了许多创建捷克民族音乐的工作，我们路过的壮丽辉煌的民族歌剧院，就是他和许多人在 1868 年一起募捐建立起来的。

走在这条街上，能让你的心充满诗情和对斯美塔那的感念。有秋风习习拂面，有落叶在脚下窸窣作响，有伏尔塔瓦河在耳畔喁喁细语，有斯美塔那的美丽旋律在心中轻轻荡漾，真是再美好不过的一段路了。

晚霞正在轻轻地飘散，暮色降临了，一片朦胧笼罩着斯美塔那大街和伏尔塔瓦河，查理大桥就在眼前，呈现出黑色的剪影，横跨在伏尔塔瓦河上，紧贴在变得瓦蓝的空中。一切变得模糊起来，街灯蓦地亮了起来，像是突然盛开在街道两旁倒开的莲花。飘然而至的夜色中的斯美塔那大街，立刻变幻了另外一种模样。银色的灯光映照下，整条街像是一条暗流的河，波动着粼光闪闪，氤氲飘浮在上空，仿佛突然涌现出来许多活跃的小精灵。查理大桥前面人影幢幢，喧嚣的气氛扑面而来，没有了刚才的宁静和诗意。有时候，人是美的创造者；有时候，人又是美的破坏者。

只有眼前这条斯美塔那大街上的这些树叶，还依稀看得见，还在耳畔荡漾着金属般清晰而响亮的回响。实在应该感谢我们来得是时候，秋天使这些金色的树叶摇响起金色的交响乐，是比所有布拉格之春的乐队都要庞大的乐队，奏响的一年四季最为辉煌的交响乐。在这条斯美塔那大街上，尽情聆听这样辉煌的交响乐，指挥肯定是斯美塔那，能看得见他的手指正在晚风中舞动。他听不见，我们却都能听得见。

2024 年 3 月 6 日写毕于北京

那年雨果在北大荒

1971 年的冬天，我借到雨果的小说《九三年》。它非常吸引我，那时候年轻，记忆力好，能够从头到尾复述全书整个故事，连书里面那些难记的外国人名，都说得滚瓜溜熟。

在睡十几个知青的一溜儿大炕上，晚上，伙伴们躺进被子里，伸出光膀子，炕沿露出齐刷刷一排脑袋，听我讲《九三年》。我不抽烟，但立刻有人端来北京的茉莉花茶，放在炕头我的面前。那劲头仿佛我是连阔如。《九三年》要一连讲好几个晚上，每天收工开完会，躺下睡觉之前，大家听我讲《九三年》，是我大显身手的时候，也是大家最娱乐的一种方式。好长一段时间里，我们似乎生活在 1793 年法国资产阶级大革命的时期，生活在巴黎，生活在旺岱，生活在索德烈森林，生活在拉图尔格高地，暂时忘却了冰天雪地的北大荒。

《九三年》是雨果的最后一部长篇小说，是他多年积累和思考的心血之作。那场资产阶级大革命波澜壮阔的故事，他从 1793 年 5 月的最后几天讲起，一支叫作“红帽子”的革命军队，在灌木丛中发现了一个妇女带着三个孩子。这个叫佛莱莎的社会底层母亲，在这场大革命中神奇地与革命军的首领郭文、西穆尔登神父、叛军的首领朗德纳克侯爵发生了关系。雨果要用这位平民母亲和她的孩子为“药引子”，牵连出他所表达的“在绝对正确的革命之上有一个绝对正确的人道主义”。

当时，雨果的这一主张遭到批判。小说的结尾，为了解救在大火中的三个孩子，我们惯常认为的坏蛋朗德纳克，放弃了自己逃跑的机会；朗德纳克的侄子、革命军的总司令郭文，为了救自己的亲人，放跑了革命的敌人朗德纳克；郭文的老师西穆尔登，为了革命的利益判处郭文死刑。对这一连环套情节中人物各自迥然不同的性格、思想与命运，我们一伙知青伙伴热烈争议不休。

我们的争议，和小说最后一卷“表决”一节非常相似。第一法官盖桑，先以罗马帝国 414 年大法官曼柳斯的儿子没有得到命令擅自打了胜仗，而被曼柳斯处死为例，他说：“违反了纪律的必须受到严惩，现在是违反了法律，法律比纪律更高。怜悯可以构成罪行，郭文司令放走了叛徒朗德纳克。郭文是有罪的。我主张死刑。”军曹拉杜则表示：“老头救了几个孩子做得很对，司令救了老头也做得很对，如果把做好事的人都送上了断头台，那么滚你妈的吧！我再也不知道我们的目的到底是什么了。我们再也没有理由不做坏事了。”他投了释放郭文的一票，宁愿砍掉自己的头代替他。

我从来没有看过这样思辨色彩浓郁的小说，它的人物雷与电般的对白和波澜起伏一泻千里的内心独白，看着痛快，逼迫着我不得不跟着雨果一起思考。雨果有着一双强悍的大手，攫住我的心，让我跟着他一起走进他旋风般的小说世界。我不止一遍地问自己，如果我是郭文该怎么办？我是西穆尔登该怎么办？我是朗德纳克又该怎么办？真诚而忠诚地信赖一位作家、痴迷一部小说、心甘情愿地和小说里的人物一起走，彻底混淆了小说和现实，这是在以后的阅读中再也没有出现过的迷失。

粉碎“四人帮”后不久，1978 年，这本 1957 年人民文学出版社出版、郑永慧翻译的《九三年》再版。我在王府井南口的新华书店，排长队买到这本书，定价一元一角五分。

至今还清晰记得在这本书中，雨果写过这样一个比喻：“比天平更高一级的还有七弦琴。”这是一个美妙的比喻。它不应该仅仅属于文学，也应该属于现实。革命也好，改革也罢，对所有人来说，共和国应该是一架美好的七弦琴。

2024 年 5 月 4 日于北京

辑三

一辈子能写多少信

想起高一暑假这桩往事，总忍不住想起《飞鸟集》中的第一行诗：“夏日漂泊的鸟，飞来我的窗前唱歌又飞去。”

老院物语

毕家的水缸

毕家的水缸，在老院里很出名。

是一口半人多高的大水缸，放在毕家门口。冬天用来储存大白菜。夏天，每天中午，毕大妈都要接满一缸自来水，让毒辣辣的太阳照一下午，缸里的水烫手。黄昏，几个男孩放学了，毕大妈把他们叫过来，一个个排队洗澡，毕大妈用盆舀出缸里晒热的水，孩子们连玩带洗，大呼小叫，噼里啪啦，水花飞溅，哪吒闹海，成为老院一景。

毕家老两口靠摆小摊赚钱糊口，养活这一大家子，真不容易。毕家有八个孩子，七男一女，都很争气，男孩子后来先后都上了大学。唯一的女儿，从小看母亲舀水缸里的水给弟弟们洗澡，更觉得爹妈不容易，便没有考大学，上了西城师范学校，吃饭住校不花钱，还有助学金，能分担一些父母的负担。

老院那么多户人家，谁家能赶得上毕家那么多孩子齐刷刷考上大学？没有。谁家有毕家生活过得这么难？也没有。

毕家老六北京钢铁学院毕业，分配在鞍山工作，结婚安家之后，特意回了一趟北京。那时候，父母已经去世，他把放在家门口的那口大水缸，运到鞍山他家里。一直到现在，水缸还在他家放着。

张家的绣袋

张家和我家一墙之隔。他家新鲜玩意儿多，老院里，是第一个买电子管收音机的。我常到他家找他家的儿子光华玩，其实是为了“蹭听”，主要听广播剧，印象最深的是初一那年听《喜鹊贼》，舒绣文、郑榕广播，听得入迷。

他家的收音机是红星牌的，放在一个五斗橱上，收音机上面的墙上，挂着一个绣袋，不大，海尚蓝，蜡染，葫芦似的缩口，四周用金丝线绣着好看的花边，中间用红丝线绣着一个大大的“福”字。是张婶的手艺，张婶手巧，以前织毛衣，会很多花样，王府井百货大楼都来人专门定制。

光华告诉我，这是他家的宝贝，为保一家平安，张婶和张叔总说：“平安是福！”

五十六年前的夏天，我离开北京到北大荒，刚出家门，张叔就从他家走出来，递给我一小包东西，一看，竟是他家的宝贝绣袋。绣袋鼓鼓囊囊，打开袋口一看，里面满满包着黄土。张叔对我说：“去那么远，刚到会水土不服，喝水的时候，你捏点儿黄土泡进水里，平平安安，没灾没病就是福！”尽管当时我觉得张叔有些迷信，但还是很感动，毕竟这是他家的宝贝。

连家的镜框

老院拆迁前，我带着电视台的人去拍老院。敲开连家的房门，连家大姐没在家，迎接我的是她的丈夫。

进屋我一眼看见墙上有个镜框。当年，老院里很多人家的墙上都会挂着这样一种镜框，里面放着家人的各种黑白照片。我凑过去仔细看，看见镜框里面装着不少黑白照片，也有一些彩照，放在四周，像镶起一圈花边。我看见了连家大姐父母和她自己年轻时候的照片，那时候，梳着两条长长的辫子，多么漂亮呀！

上学的时候，连家大姐学习一直很好，没想到高考意外失利，患上了精神分裂症。那时，谁也不懂这个病，耽误了治疗的最佳时机。病治好后，好不容易找到一份看自行车的工作，对象一直到过四十才找到一个工人，总算成了家，父母却已经去世多年。

还看见了她抱着个小孩的彩色照片，她丈夫在一旁对我说："这是我们的孙子！你大姐去儿子家帮忙看孙子去了。"都有孙子了，连家大姐苦尽甘来，晚年还是幸福的。

一下子，连家大姐半个多世纪的岁月，浓缩在这个镜框里了。镜框如一只逆水而上的小船，沉甸甸地载着以往的日子，重现眼前。镜框又如一只沧桑的手，抚平了曾经苦涩的人生。

那天，电视台的那帮人，举着摄像机，冲着老镜框一个劲儿地拍摄。但我相信他们不会理解那一刻我看到镜框里连家大姐照片时的心情。最后电视片播出，没有一个镜框的镜头，也没有一个连家大姐照片的镜头。

我家的酸菜坛子

我家有个绛红色的小坛子，母亲用来渍酸菜。打我记事时起，母亲就用它渍酸菜。每次渍酸菜前，母亲先要把坛子里里外外擦得干干净净，然后烧一锅滚开的水，把一棵白菜用刀切成四瓣，扔进锅里一渍，捞将上来，凉后码在坛子里，一层一层撒上盐，再浇上一圈花椒水。先后顺序不能变，绝不让别人插手。最后，在坛子口包上一层纸，不能包塑料布或别的什么，说那样不透气，酸菜和人一样，得喘匀了气才行，渍出来才好吃。

母亲渍的酸菜，用的是那些没心或散心、帮子多的次菜。自然，图的便宜。酸菜的出身比较贫贱，和母亲那些居家过日子的普通妇女一样。但是，母亲渍的酸菜，无论做酸菜熬肉、酸菜粉丝汤，还是包酸菜饺子，我和弟弟都会狼吞虎咽，吃得香喷喷。对于母亲，渍酸菜是把菜帮子变成上得席面的一道好吃的菜，是用有限的钱过无限的日子，并把这日子尽量过得有滋有味。

酸菜不是什么上等的名菜，母亲渍酸菜的技术，是年轻时在老家闹饥荒时学来的，她好多次说那时候渍的酸菜是什么呀，净是捡来的烂菜帮……

记得很清楚，1975 年夏天，让母亲去姐姐家住一阵子，我一个人将家从前门老院搬到郊外洋桥。母亲回来，立刻发现她那渍酸菜的宝贝坛子不在，第二天就拉上我，坐公交车回到前门老院，找人家要回那个绛红色的酸菜坛子。

宗家的录音机

宗家二姐石油学院毕业，分配到石油规划院工作没多久，和一位印尼华侨结婚，到雅加达蜜月归来，带回一台台式录音机，送给弟弟做礼物。那时候，老院人家谁见过录音机呀？送孩子礼物，一般送支玩具枪，或一个会眨眼睛的洋娃娃，就很不错了。

这台录音机，引起老院一帮孩子的兴趣。一放学，我们就围在宗家的窗前，看宗家大哥摆弄这个洋玩意儿。那时候，他读高三,一门心思考电影学院，放学回家就会对着这台录音机，一遍遍朗诵《林海雪原》片段。总是“小分队奇袭奶头山”那一段。有时候，他会邀请我们一帮孩子到他家听他朗诵这一段，给他捧场，当听众；听着我们的夸奖，高兴了，也会让我们对着录音机朗诵几段，录下音来，让我们尝尝鲜。

宗家大哥连考两年电影学院，都以失败告终，高考也耽误了，待业在家好久，气得他爸妈叫他二姐回家，让她赶紧把这台录音机请走。他们觉得录音机是丧门星，害得宗家大哥走火入魔。我们一帮孩子，再没法对着录音机朗诵过瘾了。

老孙头的鼻烟壶

老孙头是从美国留学回来的英文翻译，老两口爱闻鼻烟。老孙头家有好多鼻烟壶，装在一个墨绿色的铁皮盒子里，高兴了，他会打开盒子，让我们一帮孩子欣赏里面那一个个形状不一、彩画各异的鼻烟壶。忙的时候，他会让我们帮他去买鼻烟。

他买鼻烟，必定要天蕙斋的。这是一家老鼻烟铺，清道光年间开业，在大栅栏东口路南，离老院不远。店在一个高高的台阶上，门脸瘦长，被两边的店铺挤压得像是茯苓夹饼。如果说同仁堂和瑞蚨祥的门面像是巍峨排场的将军，它则像一位瘦骨伶仃偏又穿着一袭长旗袍的骨感美人。那旗袍就是它的高台阶，一褶褶曳裙拖地的样子。

我们一帮半大孩子，拿着老孙头给的钱，呼啸去了天蕙斋，主要目的是找下零钱，可以到前门大街路东的通三益买糖分着吃。

我高中毕业的那一年，一个特殊时代到来了，天蕙斋关门了。对于闻了大半辈子鼻烟的老孙头两口子，没有鼻烟的日子是很难过的。更难过的是，有一天我们老院里一位年轻的女老师，带着一帮她的学生，闯进老孙头家，翻出了老孙头那个墨绿色的铁皮盒子。她指着盒子上印着的一行英文小字——Made in U.S.A，对她的学生喊了起来："看呀，这里有美国的东西！他还不承认自己是美国特务。"

老孙头和蔼地叫着她的小名，解释说这就是以前用过的美国旧奶粉盒子，然后打开盒子，指着里面装的鼻烟壶又说："你也不是没见过，都是鼻烟。"

她一把夺过盒子，摔在地上，鼻烟壶碎了，鼻烟撒了一地，她质问老孙头："这是什么？美国奶粉盒子？你别以为我不懂，这里面装的就是美国炸药！"

鼻烟变炸药，成了我们老院的天宝往事，街坊们当成笑话说。

2024 年 11 月 5 日写毕于北京

一辈子能写多少信

电子时代到来，手机微信已经简便易行地成了手写书信的替代品。

有时候，真觉得科技是人类情感的杀手，用貌似最迅速的速度和最新颖的手段，扼杀人类心底最原始的也最朴素的诉说。只是手指在手机上轻轻几下击打，再加上几个表情包，不仅使人们相互之间情感的表达变得懒惰，冰冷冷缺少了身体的温度，更将其变得千篇一律。

手写的书信，飞速又无可奈何地衰落。家书抵万金，只是昔日的辉煌，残照般明灭在依稀的记忆里。

很多年前，曾经读过一本《亲爱的贝思》（*Dear Bess*），是美国曾经的总统杜鲁门写给妻子的信，从 1910 年杜鲁门二十六岁时给贝思写下的第一封情书，到他 1972 年去世之前写下的最后一封信，一共 1322 封。由信件连缀起来的六十二年漫长岁月，从信件流淌出的心底倾诉，那样含温带热，可触可摸，让人感动而羡慕。

如今的我们，还能够像杜鲁门一样，一辈子用手用笔用纸，写下这样多的信吗？还能够像贝思一样，一辈子收到这样多的信吗？

如今手写书信的衰落，是生活的挤压、虚假的泛滥、实用的放纵的一种现实；是感情的枯燥、精神的失落、内心的委顿的一种折射；也是偏偏渴望虚荣、眷慕奢华、信奉浮夸的一种映照。别的不用说，你试验一下，照杜鲁门一样做，能够坚持给自己的情人写下 1322 封信吗？你大概只会花一大把钱，送上 999 朵玫瑰了。更不要说一连写六十二年，就是写几年试试看？就是写几封试试看？手机微信，使原本手写信的私密性被公共性取代。唯恐说不尽，临行又拆封，写信时的那种独有的感情；“远梦归侵晓，家书到隔年”，等信的那种焦灼的心情；“独下千行泪，开君万里书”，拆开信封时那一瞬间的美好感觉——更都荡然无存。

私人手写书信的衰落，潜在的另一个原因，是我们手写的字越来越差，便只好用手机短信上的荧光字来遮丑。以前上学临帖写大字，是必修的一门功课，是多少年来的文化传统，讲究意在笔先，也就是说执笔写字前心中要有所思，现在却是根本不用想，只照葫芦画瓢复制手机上的短信就万事大吉。如今许多我们民族根性的东西，都已经被我们自己丢弃，更不要说写字了。有趣的是，我们的字写得丑陋不堪，我们在手机上的短信却越来越花哨，越来越肉麻。这也许是一种逃脱不掉的反讽。

杜鲁门的那 1322 封信，总让我想起这样一个问题：我们一个人一辈子能够写多少封信？

从《鲁迅全集》中查，我看鲁迅先生一辈子也是写了一千多封信，便想当然地觉得，大概最多也就是这样一个数字吧。无论杜鲁门，还是鲁迅，都是名人，写的信自然要多一些，我们一般平常人，肯定比他们要少，一辈子又能够写多少封信呢？当然，因人而异，有人多些，有人少些，但是，即使再少，也得有几封，哪怕一封，是由你自己亲手写下的或由你自己亲手接过拆开的信吧？记得很多年以前，刘心武曾经写过一篇《到远处去发信》的小说，写的是当了一辈子的老邮递员退休了，给别人送过那么多信，还没有接过别人给他自己写来的一封信，就自己写了一封，跑到老远的地方，把信投到邮筒里，让自己这辈子也收到一封来信。即使我们现在再也难以体会到鱼雁传书的那种意境与美好，即使我们难以做到像杜鲁门一样一辈子写下 1322 封信的奇迹，但一辈子没写过也没接过一封手写的信，都是手机微信，总是一件让人感到遗憾的事情吧？老邮递员还不甘心呢，我们呢？

2024 年 11 月 2 日大雾天改毕于北京

鸟飞来我窗前唱歌

刚读高中，盲人摸象，在学校图书馆里翻书，翻到一本泰戈尔的《飞鸟集》，20 世纪 40 年代商务印书馆出版，郑振铎翻译。郑振铎听说过，泰戈尔第一次见。书很薄，文字清浅，每一小节只是简单一两句，有点儿像我们古诗中的绝句，很好读，有味道，一见倾心。

我在想，那些鸟、草、云、花、果实、星星、阳光、森林、萤火虫……多么司空见惯，为什么我也看见了，却写不出来这样动人的句子？我真的很佩服泰戈尔，痴迷泰戈尔。

高一那年暑假，我在西单商场里的一家旧书店，忽然看见一套十卷本的《泰戈尔作品集》，整整齐齐立在书架中间。那时候，见短识浅，我只知道一本《飞鸟集》，不知道我国还翻译出版了这样一套《泰戈尔作品集》。一时有些兴奋，仿佛从一朵花一下子看到一片从未进入过的花园。我抽出第一卷，硬壳精装，像树皮一样棕色的封面上印着大胡子的泰戈尔头像。翻开，扉页上，一幅泰戈尔的彩色画像，是画家徐悲鸿画的，单贴在扉页上，上面有一张透明的玻璃纸，像窗帘一样遮挡住泰戈尔，画像若隐若现，有些梦幻般的色彩，很吻合我对这个大胡子泰戈尔的想象。

这是一套1961年人民文学出版社出版的书。我看到它们的时候，是1964年的暑假，仅仅过了三年的时间，就成了旧书。是谁这样轻易地就把泰戈尔贱卖？我替泰戈尔抱屈，也埋怨这个卖书者。如果我拥有这套书，可舍不得卖。

我看明白了，前两卷是诗，后面七卷是小说，最后一卷是剧本。诗里面，我一眼看见了曾经读过的《飞鸟集》，就是郑振铎翻译的，忽然有种很亲切的感觉，仿佛郑振铎是我的什么熟人。

我又看了看书最后一页打上一枚红方印的定价，这是旧书店的新定价：八角钱。

然后，我把十本书一一抽了出来，看了看书后的定价，每本都是八角钱。

心里算着，十本都买下来，一共是八元钱。按照父亲当年病退后每个月拿的工资四十二元算，就是将近五分之一呀。那时候，买一斤棒子面才八分钱。家里每月给我三块钱的零花钱，刨去两元公交车的月票钱，只剩下一元，怎么买得起这套泰戈尔呢？

那时候，逛旧书店，更多是“蹭书”看。因为兜里的钱确实太少，每月的一元钱，要买早点、看电影，还要买给我的好朋友小奇写信用的信封和邮票，实在让我捉襟见肘，不能不一分钱掰成两半花。

那天，兜里都不够八角钱，连《泰戈尔作品集》中的一本都买不成啊。面对书架上整齐排列的这十本书，恨不得能像电影《百万英镑》里捡到那张面额大大的钞票一样才好啊！

不管如何爱不释手，我还是得将翻了一遍又一遍的《泰戈尔作品集》一一放回书架，从西单旧书店走出来，垂头丧气地乘车回家。

一路上我都在想，怎么筹钱买《泰戈尔作品集》。我并不奢望将这十本书全部买下，那是不切合实际的。我不会朝父亲要这么多钱（要，他也不会给）；也不会写信朝在呼和浩特工作的姐姐要（即使要了，姐姐寄钱来，也得好多天以后，怕是那一套《泰戈尔作品集》早被人买走了）。可我还能朝谁要呢？

就这样胡思乱想地回到了家，脑子里全是泰戈尔和那一本书八角钱在打架，到底泰戈尔也没打赢。

到家已经天黑了。闷闷不乐地吃完晚饭，看了会儿书，早早倒下睡了。其实，书没看进去，翻来覆去也睡不着。

第二天依旧闷闷不乐，西单旧书店书架上那套《泰戈尔作品集》棕色的封面，纷乱起一团棕色的云彩一样，在眼前飘来飘去。心里不住算着兜里的钱，只有等着下个月家里给的三块钱了。可是，那一套《泰戈尔作品集》能有耐心等到下个月吗？

一上午，就这样按下葫芦浮起瓢地瞎想。

下午，小奇来了。我们是发小儿，同住一条老街，她家离我家很近。我们之间的友情，从小学到现在，按照当时贺敬之刚刚发表就走红的长诗《雷锋之歌》里说的，是“青山不老”“大树长青”。为了能住校，她高中考上了北航附中。暑假里，她有时候会来找我聊聊天。

那天，她很快发现我聊天不在状态，便问我：“怎么啦？”我说：“没什么！”她说：“没什么？你肯定遇到什么不顺心的事情了！”我说：“你怎么知道？”她笑着说：“我会算命呀！”我也笑了，说她：“那你就是巫婆了！”她说：“什么巫婆不巫婆的，你说说呗，憋在心里生蛆！”

就这么说笑着，我把昨天去西单旧书店看到《泰戈尔作品集》，对她讲了。

她听后立刻问我：“差多少钱？”

一听她这口气，我心想救兵来了。我没敢说买十本的钱，心想能买两本就好，因为前两本是诗集，其中有那本《飞鸟集》，能买前两本就念佛了！买泰戈尔心切，便没再想什么，就厚着脸皮说：“还差不到一块钱！”

她一听就乐了，说道：“我还以为差多少钱呢？一块钱，我有！”

说着，她站起身来，对我说：“走吧，还愣着干什么？”

见我还在望着她发愣，她催促我：“快走吧！别回头你那泰戈尔让别人给买走了！”

这天下午，她陪着我走出老街，走到前门楼子东侧，坐22路公交车，来到西单旧书店。22路，她轻车熟路，她到北航附中上学时就坐这路车。

一进旧书店，就看见书架上那一排十本《泰戈尔作品集》还在。她从衣袋里掏出一元钱递给我，我买下了第一卷和第二卷，兴冲冲地走出书店。走到大街上，便打开系着十字结的纸绳和包装纸，翻开第一卷扉页上大胡子泰戈尔的画像给她看，仿佛那是我自己家的老爷爷一样，向她显摆地介绍着。然后，我对她说：“钱，我下个月还你！”

她手里拿着那本书，笑了，对我说道：“那当然，你得加倍还！”然后，她挥动着手里的书，又说道：“这本我先看看，看看到底哪里好，让你这么神魂颠倒！”

那天下午，我们没有坐车，从西单走到六部口、天安门、前门。走进老街的时候，天已经擦黑，路灯亮了，橘黄色的灯光洒在我们的肩头。我们一人手里拿着一本泰戈尔的书，一脸大胡子苍老的泰戈尔，和我们两个十六岁的高中生，竟然这样神奇地连接在一起，而且，陪我们走了这么长的路。他的诗，温暖了我们整个高中时代。

这两本《泰戈尔作品集》成为我中学时代的珍藏，从北京带到北大荒，又从北大荒带回北京，在北京又经历了多次搬家颠簸，很多书都丢掉了，或遗失了，这两本书，一直被我小心翼翼地保存至今。

六十年如水长逝。想起高一暑假这桩往事，总忍不住想起《飞鸟集》中的第一行诗："夏日漂泊的鸟，飞来我的窗前唱歌又飞去。"

2023 年 12 月 19 日初稿

2024 年 11 月 1 日大雾弥漫中改毕

新年老人只来过一次

我读小学，是在第三中心小学。这是由一座老庙改成的学校。不知为什么，只要一想起第三中心小学，首先就会想起张老师。尽管已经过去了六十多年，我还记得他的名字，叫张文彬。他从小学四年级开始教我们语文，兼我们的班主任。四十多岁的样子，有着浓重的、我听不出来究竟是哪里的外地口音。他很严厉，正值年富力强，站在讲台桌前，挺直的腰板，梳一头黑黑的头发——他那头发虽然乌亮，却是蓬松着，一根根直戳戳地立着，总使我想起他给我们讲课讲解的“怒发冲冠”这个成语——我们学生都有些怕他。

小学四年级，多了一门作文课。第一次上作文课之前，张老师带我们全班同学到儿童电影院看电影《上甘岭》。我的票子在楼上，由于贪嘴买了一支小豆冰棍，吃完后跑上楼，耽误了时间，电影即将开始的预备铃已经响了，灯光一下子暗了下来。我看见一层层座位由低而高，像布在梯田上的小苗苗。特别让我感到新鲜的是，每一排座椅下面，都安着一盏小灯，散发着柔和而有些幽暗的光，可以使迟到的小观众不必担心找不到座位。那一排排小灯，我格外感兴趣，觉得特别新鲜，以至于看电影时总是走神，忍不住低头看那一排排灯光，好像那里闪闪烁烁藏着什么秘密或什么好玩的东西。

张老师带我们到儿童电影院看电影，是有目的的，就是让我们写作文。那是我们第一次作文课，他让我们写的作文就是这次看电影，他说："你们怎么看的，怎么想的，就怎么写，你觉得什么有意思，对什么最感兴趣，就写什么。"我写了那一排排我认为最有意思、最新鲜的灯光。

没想到，第二周作文课讲评时，张老师向全班同学朗读了我的这篇作文。几十年过去了，我还记得特别清楚，他表扬了我写的那一排排灯光，说我观察得仔细，写得有趣。他那浓重的外地口音，作文所写的一切，听起来都那么亲切，好像不是我自己写的，而是别人写的似的。童年一颗幼稚好奇的心，让我第一次对写作文产生了浓厚的兴趣。张老师那一头"怒发冲冠"的头发，似乎也柔和许多。

每年元旦前的晚上，学校都要组织一场新年晚会，在老庙大殿改造的礼堂开演。这是学校的经典节目，虽然临近期末考试，大家还是倾心倾力准备，由各班出节目，热热闹闹之中，带有打擂的味道。

六年级那年是我参加的最后一次小学新年晚会，张老师特别带我们班的同学排练了话剧《枪》。这是张老师带我们去王府井北口的儿童艺术剧院，看了话剧《枪》后，改编的一个小片段：一帮机智勇敢的小八路，偷了一个日本军官的手枪，最后打死了一个日本兵的故事。

在这个小片段中，我演那个小八路。那天晚会，压轴的节目是我们班的小话剧《枪》，也是我最露脸的高光时刻。没有想到，关键时刻掉链子。演出最后，我从腰间拔出手枪，朝着扮演日本兵的同学开枪，枪声一响，他应声倒地，大幕徐徐拉上，肯定会赢得掌声一片，我们的演出就算成功了。可是，我拔出手枪来了，朝着日本兵打去了，枪声却没有响。扮演日本兵的同学，不知道该倒地还是不倒地。我只好朝着他放第二枪，等着枪响，他再倒下。枪声还是没有响。我和他都愣愣地站在那儿，不知如何是好。场下的同学们看到这样一幕，忍不住哄堂大笑。

本来，我开枪的时候，后台有一个同学要朝地上摔响一个砸炮，“砰”，就会响一声的，有了枪响的效果。可是，那天，他一连摔了好几个砸炮，都不响。事后才发现，那天雪从下午到晚上，一直纷纷扬扬在下。雪大天潮，砸炮返潮，诚心和大家作对。我们赢得的不是满堂彩，而是笑声，真让我们背气。

大幕就这样无可奈何地拉上了。

谁也没有想到，就在大幕徐徐拉上，大家的笑声还没有断的时候，礼堂的大门，忽然被推开了，一位身穿白羊皮翻毛大衣，戴着白羊皮帽子，长着一脸长长的白胡子的老爷爷，像一幅画一样出现了，大门的门框，成为这幅画的画框。

大片大片的雪花，呼呼地跟了进来。关上大门，同学们才看见老爷爷的身上背着一个鼓鼓囊囊的大布袋子，布袋和他的身上披满了雪花。

就看见老爷爷一边朝着舞台走去，一边大声向同学们打着招呼："亲爱的孩子们，我是新年老人呀！我给你们带新年礼物来了！"

同学们都好奇地纷纷站了起来，紧接着，热烈欢呼起来，忘记刚才枪声没响的场面了。

新年老人？难道真的会有新年老人吗？没有，那只是在童话中才会出现的。但是，真的没有吗？这个正向大家走来的不是新年老人吗？太像了！太像了！而且，他还真的背着那么满满一布袋的新年礼物呢。他真的就像踏着雪花，远道而来的新年老人呀！不要说一年级的小豆包觉得像真的，就是我们已经上六年级的同学，在那一瞬间，也有了一种错觉，恍惚中，以为童话的世界真的出现在面前。

新年老人走到舞台中央，打开了布袋，从里面掏出一件件新年礼物，是用彩纸包裹的新年礼物，里面装的是橡皮、三角板、铅笔等文具，是糖果、蜜饯、山里红、琥珀花生，还有一些小布娃娃、小棕熊、小白兔、小汽车之类的玩具。虽然都是一些普通的小东西，是平常同学们都见惯的东西，但是，剥开彩纸，露出这些东西的那一刻，还是让大家兴奋，雀跃不已。因为这些东西，已经不那么平常、普通了，而像是安徒生童话中那朵冻僵的玫瑰花，经过新年老人的大手一抚摸，立刻重新绽放，让大家感到无比新奇和兴奋。这些普通、平常的东西，变成了新年的礼物，变得不同寻常、意义非凡了呢。

新年老人把它们分送给同学们的时候，我看出来了，好多同学都看出来了，站在台上的新年老人，就是我们的张老师。那一脸白胡子，是用棉花粘上去的。

1973 年秋天，父亲突然病故，家中只剩老母亲一人，我从北大荒回到北京，一时待业在家，三中心小学好心的校长，竟然到我家来，邀请我到那里代课。从 1960 年小学毕业，离开三中心，已经十三年了呀，他还记得我。我向他表示感谢，他却抱歉地对我说："现在，你的户口还没有回来，我没法让你到学校成为正式的老师，工资也没法给你。但是，我是真心希望你来咱们学校当老师的，只要你的户口一办回北京，到时候，我就把工资补发给你，你看行不行？"

我真的非常感动，一句话也说不出来。

第二天早晨，我来到三中心小学，这是我小学毕业十三年后第一次回母校，校园的格局没有任何变化。校长热情迎接了我，我向他打听张老师的情况，校长告诉我："张老师后来身体不好，前两年走了。"

我问他："张老师身体一直挺好的呀，怎么突然就不行了呢？"

他望了望我，苦涩地摇了摇头，欲言又止，没有回答。

那天，我只上了一堂六年级的语文课。下课后，我在校园里溜达，走到礼堂前。礼堂没有什么变化，灰砖灰瓦和带铃铛的飞檐，依旧老样子，只是有些破旧，显得衰老，似乎也低矮了许多。礼堂里面空无一人，外墙上贴着热烈的大标语。

我想起了六年级的新年晚会，想起了张老师。

那天黄昏时分，天上飘着纷纷扬扬的雪花，整个校园，变成了一个银装素裹的水晶般的童话世界。张老师就是穿着白羊皮翻毛大衣，戴着白羊皮帽子，用棉花贴着一脸白胡子，披着满身雪花，走进礼堂来的。我不知道，在此之后，还曾出现没出现过这样的情景；但我知道，在我小学这六年以及小学毕业后这十三年的时光里，乃至在此之前作为老庙存在的那些漫长岁月里，新年老人，只来过一次。

2024 年 11 月 7 日立冬写毕于北京

秋香三韵

一

任何一样事物，都有属于自己的气味。人们一般说得更多，喜欢更多的，是花香和果香。两者之间，我更喜欢果香，直觉果香比花香更好闻。比起花香，一般的果香（除少数如榴梿者外），除香味，还多了一点甜味儿。果香里有果实的味道，不像花香只出自花蕊和花粉。花开的时候，花蕊和花粉看得见，而花香看不见；果香不一样，果香和果实并存，融为一体，果实是果香的外化，果香是果实的灵魂。

曾读过迈克尔·波伦的《植物的欲望》，在书中，他说花香是为了吸引蜜蜂，是植物的一种欲望，为了自己的生存而复制繁衍的一种本能。果香，没有这样的欲望和功能。果香不是为了自己的生存，它满足的是人的欲望，并不是自己的。这样说来，果香颇有些奉献精神呢。

除开春的樱桃和夏天的杏、桃之外，果香大多在秋季。秋季里的果香，最喜欢佛手。每年这时候，我都要从广东网购一两个佛手。

远道而来的佛手，放在屋里，黄中泛青，开始散发的是清香，仿佛妙手天成，清新如诗。特别是夜里一觉醒来，那种香味，淡淡的，轻轻袭来，烟笼寒水雾笼沙一般，朦朦胧胧中，仿佛跟着你一起刚刚从梦境里走出来一般，让你有种聊斋般意外相逢的感觉。

沈复在《浮生六记》里说："佛手乃香中君子，只在有意无意间。"说得真好，但还不尽好。佛手放几天后，那清香仿佛音乐的展开部一般，渐次高潮，形成华彩，并不幽淡，而是分外香气扑鼻，是属于天堂的香味，难怪要把佛手供奉在寺庙的佛祖面前。沈复说佛手是君子之香，只说了第一层；佛手更属于天香，才是更上层楼。

果香，从来不愿和花香雷同，也不愿攀附花香，去借水行船，招摇自己。唯独一种葡萄，取名玫瑰香，将自己和花香联姻。这大约是众多果香最不齿的。况且，那种葡萄的香味，和玫瑰花的香味，实在大相径庭。

佛手取名，有一个"佛"字，是对佛的礼拜，并没有与花扯上关系。这一个"佛"字，是神来之笔，让佛手的香气中有了静静的禅味，在秋之果香中拔得头筹。

二

秋天的花香，最喜欢桂花。

六年前重阳节之夜，我住在广东肇庆的鼎湖山庆云寺脚下。住房是座围合式的二层小楼，住在二楼，没上楼，就闻见了扑鼻的花香，不用问，只有桂花才会有这样醉人的香气。果然，住房的窗前，有一棵我从未见过的那么粗大参天的桂树，从一楼直长到二楼的天井，是一株几百年树龄的金桂。

夜间下起大雨，噼噼啪啪的雨点，敲打得房顶和玻璃窗像擂打着小鼓，惊醒了睡梦中的我。心里暗想，这样大的雨，窗前的金桂，花落知多少啊！

早晨起来，推门一看，金桂花落了一地。但是，香气依旧扑鼻。抬头看看树上，一夜大雨，那样多的落花，枝叶间还有那么多的桂花，金灿灿的，沾着晶莹的雨珠，和地上的落花相互呼应着，一起散发着一股股的香气。郁达夫形容桂花香气，有些越轨却格外独特，说是“浓艳的气味”：“我闻了，似乎要起性欲冲动的样子。”这里的金桂花散发出的香气，可以用得上郁达夫的形容词了，真正称得上是“浓艳”。

这些年，每年秋天颐和园都举办桂花展，那里有当年清廷种植的百年老桂。每年我都要赶去寻桂闻香，但是，都觉得赶不上那年在鼎湖山看到的桂花、闻见的桂香。虽然它有清朝的百年老桂，鼎湖山的却是更老的桂花树。老树的香气，犹如陈年老酒，有了时间酿造的加持，才大不一样吧。

三

秋天，我爱到郊外转转。远离城市的喧嚣，秋的香气，才显示出本来纯朴地道的韵味。

去了一趟城外凉水河畔。这几年，那里沿河两岸，虽已园林化，但毕竟还有好多老树，原始的野味和乡间的乡土味，在一般公园里难以遇到。那里未加修剪的槐树、野柳树、榆树、栾树、白蜡，还有我叫不上名字的很多树，以及野花野草和河边的芦苇，或金黄，或火红，或依旧青绿，错综交杂，铺展开来，挥洒在蓝天之上，倒映在河水之中。泥土腐殖质的气味和河水腥却湿润的气味，扑面而来，更在一般公园里难得一见，难得一闻。

读苏联作家巴乌斯托夫斯基写的自传，他说："人们到大自然中去，通常是去休息。我却认为，人必须经常生活在大自然中。"为什么人必须经常到大自然中？他认为，到了这里，"我特别强烈地感觉到人和大自然的友谊"。这种友谊，更多是大自然对人类无私的友谊，是大自然对人有一种独有的抚慰作用。这是大自然对人类绝无仅有的赐予。

这样的说法，和如今流行的“公园二十分钟”的心理疗法相似。到郊外，到乡间，到真正的大自然中，看看这样难得的秋色，沾沾这样纯朴的气息，闻闻大自然带来的真正的秋香，你会感到，大自然给予我们这样独有的抚慰作用，比在“公园二十分钟”，还要管用，还要难得，还要独特。

2024 年 10 月 28 日写毕于北京

少年宫两章

一

崇文区少年宫（现属东城区），在北芦草园胡同，不大，进入大门，呈 U 字形的房屋环绕着一座小院，院子里有几棵老树。但是，在当时我们孩子的眼里，觉得它挺大的，因为有很多间活动教室，寒暑假活动花样繁多，可以让孩子们根据自己的兴趣爱好选择。在我的记忆里，并没有什么报名或学校推荐这样烦琐的环节和人为设置的门槛。那时候的少年宫，平易近人，属于所有少年，大门敞开，脚面水——随便蹚，是我们孩子的乐园。

记忆中的少年宫，可以在轩豁的院里尽情奔跑，尽情呼叫。特别难忘的是下雨天，我们可以蹚着院子里的积水，可劲儿溅起水花，和天上落下的雨点打架。或者雨后突然跑到院子里的树下，使劲儿摇动着树枝，让树叶上的雨珠，溅落到自己和后面走来的同学一身一脸。

少年宫，有一个能讲故事的屋子，特别吸引我。

屋子如一间教室那样大，里面坐着好多同学，你可以随便走进去，给大家讲故事。听故事的孩子可以随意出出进进。如果你讲得吸引人，他们就坐在那里认真听你。如果你讲得不吸引人，陆续退场的人就会很多。面对着冷清没有几个人的教室，你自己也会觉得臊不答答，转身退场，换另外一个同学上来讲故事。

现在想想，很像当年在大栅栏广德楼剧场搞的“十分钟相声”，你买一张票，只用两分钱，很便宜，可以进去听十分钟相声，如果听得满意，再接着花两分钱买下一个十分钟的票，如果不满意，就可以站起来拍拍屁股走人。那里说相声的人，和少年宫讲故事的人一样，都有些打擂台的意思。听的人和说的人，双向选择，有点儿挑战性，所以颇能吸引人。

我就是被吸引的人之一。记得有一年寒假，那时候，我上四年级，在那里讲故事，颇为吸引听众，很来情绪，几乎天天都去那里，站在那里，面对一帮小孩子，自以为是地讲不知所云的故事。我记不住讲的是一些什么故事，那时候，我爱看《少年文艺》，宋庆龄亲笔题写的刊名，每月一本，一角七分钱。我每月都到家对面的邮局买一本，看得津津有味。大概是在《少年文艺》上看到的故事，又经过自己的添油加醋，反正，坐在那里比我小的小同学听得也津津有味，让我眉飞色舞，自我感觉良好，在那里讲个没完。回到家，兴奋地跟我父亲讲，父亲没说话，母亲笑话我说是穷白话，要饭的打官司——没的吃，有的说。

不过，我很有成就感。面对着一双双紧紧盯着你的眼睛，在全神贯注听你讲故事，有一种在学校里体会不到的感觉。在学校，坐在教室里，都是竖起耳朵听老师说。在少年宫这里，我是主角，有一帮小孩子竖起耳朵听。这锻炼了我的表达能力，甚至是表演能力呢。

而且，为了引人，需要不时地调整讲故事的思路，及时捕捉到听众的心理变化而随机应变。应该说，这也是一种本事的锻炼，和后来流行的演讲完全不同的本事；和照本宣科的背诵，更是不可同日而语。感谢当年的少年宫有这样一方园地，让我这样的孩子得以舒展腰身，如野花一样随心所欲地尽情开放。

二

少年宫，还有一个地方，我也特别爱去：乒乓球室。

那里有正经的木制乒乓球台，有正规的球网，不像我们学校里的乒乓球台，是砖头上抹了一层水泥，用砖头挡在中间当球网。寒暑假，打乒乓球，只能到天安门旁边的劳动人民文化宫，太庙的大殿里有好多张乒乓球台，但是要钱，按每小时一角钱收费。我发现少年宫有乒乓球台，不要钱，随便打，没事我就爱到少年宫。

也是如一间教室大的房间，放着一张乒乓球台。只要排队，上去随便打，打擂似的，每人打五个球或六个球，谁输谁下去，下一个再上来。占台时间长的人，很牛，那劲头儿，和在故事室里占领讲故事的时间一样得意扬扬。

记得少年宫曾经组织过一次全区小学生乒乓球比赛。那时，我在学校里乒乓球打得不错，被选到那里比赛。没打两轮，碰上个厉害的主儿，比我高出一头的高年级学生，横板，第一个球，就打了我一个下旋的削球，我吃球，球一下子触网没过去，乱了方寸，稀里哗啦，败下阵来。

这一年的冬天，刚上五年级不久，学校老师通知我，让我到少年宫参加活动，和中国青年乒乓球队的队员见面。参加活动的，大多是前不久全区小学生比赛获奖的同学，不知为什么少年宫的老师也选中了我，在比赛中，我是早被淘汰的呀。有时候，你真的要感谢阴差阳错的命运，在这样的命运中，有老师或有意或无意地帮助你，就像向你吹来一股清风，助你像一艘小船一样，划行到更远一些的地方。

那时候，中国青年乒乓球队在欧洲比赛胜利归来。他们在欧洲刮起一阵中国旋风，让世界刮目相看，日后都成为世界乒坛的显赫人物：庄则栋、李富荣、徐寅生……都只有十七八岁，年轻英俊，潇洒飒爽，一个个，让我羡慕，心生崇拜。我记不得他们都分别对我讲了些什么勉励的话，只记得最后一个项目，最让大家兴奋。我们在场的每一个同学，上场和他们各打一个球。只是一个球，太少了点儿，哪里能解渴啊。但是，能够和这些世界冠军对打一个球，也是格外幸运的，是多少人想都想不到的事情呀。

我没有想到居然还有这样一个节目，跃跃欲试，很是兴奋，也多少有些紧张，心里暗想，别一个球都没有接着，就灰溜溜地下来了，按照当时的话说，只吃了一个“球屁”吧？

打我一个下旋球的那个高年级学生，排在第一个上场，我排在第二个。和他对阵的是庄则栋，站在我面前的是李富荣，那时，他十七岁，英俊而潇洒，分头梳得倍儿齐，倍儿亮。我心想，别给我发一个转球，我可是接不住呀。没有，他只是发给我一个和平球，很高，要是平常，我完全可以打一板抽球，扣死它。但是，我没敢，怕没有抽过去，一板下网，那就露怯了。我一板平稳地打过去，我看见，李富荣隔网冲我微微地笑了。

很久，很久，我都不明白，他为什么笑。是礼貌地笑，还是笑我这一板打得太保守？看，给你这么高的一个和平球，你都不敢抽吗？

真的，一直到今天，我都很后悔，为什么不敢抽球了呢？就因为他是一个世界冠军？我心里骂自己真是没出息！

前几天，到芦草园寻访旧地，找到少年宫旧址，如今已变身大江胡同街道办事处。红漆大门紧关着，办事处的木牌高挂着，那么簇新，那么陌生，六十七年过去了，一点儿也认不出来了。真的有些不敢相信，这里就是当年我得意扬扬讲故事、我和李富荣打乒乓球的少年宫吗？

只有院子里一株高大的老树，葱茏的枝条探出墙头，依稀当年。多少次雨后，我跑到树下，摇晃着树枝，树叶上的雨珠，溅落在自己和后面同学的身上。

2024 年 7 月 15 日于北京

辑四 舞台的瞬间

青春之梦破碎的声音，在红剧场里清脆回荡，没人听见，只有我自己清晰可闻。

粥滋味

孩子出国留学前，在家里，自己没有做过饭。大学毕业出国的时候，他二十三岁了。我们做父母的，缺乏眼光，没有为他做未雨绸缪的准备，好让他应对在异国他乡独自一人的生活。

他到美国后没过多久，给我们打来一个电话，人正在厨房的灶台前，问面条怎么煮。这让我们非常惊讶，怎么，连面条都不会煮吗？想当然他应该会，毕竟是这么简单的事情嘛。可是，他只吃过面条，从来没有煮过面条，就是不会。

我们告诉他怎么煮。那一天，尽管按照我们教他的法子，但是，他把买来的一包面条，都下进锅里，结果，煮成了一锅糨糊。

一年之后，他回国探亲，有一天，忽然对我们说："我给你们煮粥喝吧！"

我们都有些吃惊，不知他怎么想起为我们煮粥喝，却也乐得其成，看看他为我们煮的粥是什么样子。

他先把米淘好，沥去水，把湿米放进冰箱。第二天，从冰箱把米拿出来，把切好的牛肉片用各种料汁煨好，把泡好的米放入倒好水的锅里，又放了几滴橄榄油，起大火，等水开了之后，改小火慢煮。一直等米粒完全煮烂，把煨好的牛肉片倒入锅中，粥沸腾之后，加盐、糖、白胡椒粉，点几滴香油，撒一点儿香葱的碎葱花。齐活儿！牛肉粥做成了。

他给我们一人盛了一小碗，不无得意地说："尝尝。"

面对这一碗牛肉粥，我们感到很新奇，不管味道怎么样，这是我们第一次看他做饭，第一次吃他做的饭。

味道还真不错，很香，很滑，很好吃，牛肉很嫩，米粒完全煮烂，看不到米的魂儿了，很像广州的煲仔粥。我们夸奖了他，忍不住说起了他到美国第一次煮面条的窘状。他笑，我们也笑了。

仅仅一年的时间，孩子的变化真大。忍不住想起曾经看过日本的一个电影《狐狸的故事》，必须得把小狐狸扔出去，小狐狸才能真正长大。如果，这一年孩子还是在家里，他是不会熬这样的粥给我们喝的。孩子的长大，有时只是一瞬间的事情，在陌生的环境里，在无助的情境中，在生存的逼迫下，在失败的经验里，靠自己去面对，去学习，去实践，比在父母身边，成长得快。

如今，孩子已经在国外生活二十余年，他会做的菜已经很多，中西餐、印度和墨西哥菜，都会做一些。我们到美国看望他时，看他炸的牛排、烤的火鸡、煎的三文鱼，做的黄油蘑菇、牛油果沙拉、红烧牛尾……都样是样，味是味。便常会想起，也会说起，他到美国第一次给自己煮面条，回国第一次给我们煮牛肉粥的事情。

疫情阻隔，四年未能回国，直到去年夏天，他从美国辗转到欧洲飞了三十多个小时，回来看我们。我又对他说起了他第一次给我们做牛肉粥的事情，他如法炮制，又给我们做了一锅牛肉粥。味道不错，但是，怎么都觉得不是那一次的味儿。记忆中的味道，因有时间的搅拌，总是更好，更难忘。

逝者如斯，举头已是千山绿，不觉竟过去了这么多年。孩子大了，我们也老了。

2024 年 8 月 15 日

学画记

高高一岁多就上幼儿园，比一般孩子早。美国的幼儿园，和我们的幼儿园相比，很多相同，很多不同。其中最大的不同，就是这里的幼儿园主要是玩，很少有我们识字和算数所谓的早期教育，也没有什么“不要输在起跑线上”之类的焦虑。

很长一段时间，幼儿园的老师让孩子们画画。她们没有任何的教材和方法，有很多彩笔和各种颜色，水彩、水粉、油画棒、油画颜料、各种颜色的纸张，应有尽有，任孩子们随意挑选，随意挥洒，以此让孩子们玩，在这样的玩之中认识色彩。这样的方法，符合这个年龄段孩子的心理特点。

记得画家高更曾经说过这样的话：色彩给我们的感觉是谜一样的东西，色彩经常赋予它音乐感，这种音乐感出自自然属性。高更说的色彩的这种“自然属性”，用在孩子的身上最恰当不过。孩子不懂色彩，他们的任意涂抹，才使色彩挥发真正的自然属性。所谓自然，就是孩子的天性。大人尤其是画家，懂得了色彩，这种自然属性，会渐渐被人为替代。

每天傍晚，幼儿园放学，老师会把孩子画的画交给接孩子的家长。算是她们一天工作的成果。家长、老师和孩子，都会望着这些任性的画、谁也看不懂的画，忍俊不禁，送走孩子在幼儿园里尽情玩耍的一天。

这种无为而治的方法，我觉得不错，挺适合小孩子。一般，我们往往愿意从具象的路数教孩子画画，比如教孩子先画个房子，画个太阳，画朵小花，以及小草、小兔子之类，如果孩子画得挺像，或者有点儿像，孩子和大人就会非常高兴。

当然，这种方法没有什么不好，只是孩子在还很小的时候，对于具象的事物还无从把握，像，不应该是这时候教孩子画画最主要的策略和意图。像，往往容易束缚孩子最初画画的思维和乐趣，乃至积极性。我一直以为，像和不像，是我们最初教孩子画画的一个误区，是将我们大人的思维模式强加给孩子，不大符合这种年龄孩子的心理特点。

从某种意义而言，不像才是儿童画，太像了，就不是儿童画了。我一直认为，像与不像，是儿童画的分野。

有一天，高高拿回家好几张画，都是他用水粉在牛皮纸上涂抹的。一张是在暗红色的牛皮纸上，涂抹着几块白色的长条，和随手撒下的点点白色斑点（大概不是有意而是不小心）。老师很喜欢这张，给它取了名字叫：Ghost（幽灵）。一张是在褐色的牛皮纸上横涂竖抹的，底色很沉，是那种棕色，还有一些黑色的斑斑点点和一抹抹橙黄，上方的一角，涂抹的却是一团纷乱鲜亮的红色和粉色。当然，这是我的观后感，小孩子是不会有那种明暗关系的感觉的，他只是随意泼洒着他手中的颜色，觉得挺好玩而已。

我更喜欢这张，把这幅画剪裁了一下，去掉了大部分，只留下了一角，突出上方那一团鲜亮的红粉色，然后把它装进一个小镜框里。大家看了，都觉得好看。问为什么好看，又都说不出来其中的奥妙。好像前后色彩明暗的对比，是孩子有意做出来的，其实，如果真的让孩子按照这样的意图来画，他就画不出来了。

那一团鲜亮的红色和粉色，像一朵盛开的花？那一抹棕色和橙黄，又像什么呢？像石头或者山崖吗？黑色呢？像山崖的顶端吗？

随你怎么想都行。

我给它起了个名字叫《山上的花》。

这是高高三岁左右的时候，色彩给他快乐，还给了他成就感。漂亮的颜色，就像是给画穿上了漂亮的衣服。孩子对于颜色，天生会有一种比我们大人更多的敏感。记得我国最早一批到法国留学的画家之一庞薰琹先生，回忆他小时候对画画的喜爱，最初就是从色彩开始，从家里晾衣绳上挂着的衣服开始的。他觉得那些颜色不一样的衣服色彩非常好看，常常站在那些衣服之间看好久，痴迷阳光下闪烁着光斑的鲜艳色彩。

那张幼儿园老师起名《幽灵》的画，后来在幼儿园展览。那幅我称之为《山上的花》的画，被高高的爸爸拿走，放在办公室的写字台上。

2024 年 5 月 3 日改毕于北京

暮色中的长城

那年夏天，两个小孙子从美国来北京，一个八岁半，一个六岁半。颐和园、香山、北海、天坛、潭柘寺……都去过了。问还想去哪儿？两人异口同声：去长城！

去长城，是他们一直的一个梦。虽然还不知道“不到长城非好汉”的诗句，却知道来北京三件必做的事情——“吃烤鸭，逛燕莎，爬长城”的新民谣。当然，也听过孟姜女哭长城的民间传说，从而知道古老的长城是必去的京城要津。

那天，我们去了慕田峪长城，住长城脚下的民宿。到那里，天已黄昏。放下背包，两个孙子就嚷嚷要去爬长城。好客的房东是当地的农民，两口子岁数不大，已经端上来树熟的鲜灵灵大黄杏，让我们尝尝，好好歇歇，明天一早去爬长城。两个孩子哪里等得及，顾不上吃杏，已经跑出了屋。我们几个大人只好也跟着跑了出去。

走不远的路，就来到了长城脚下。青山苍翠，树木蓊郁，花草四溢，长城逶迤，在头顶如龙盘桓。满山的树木，像是给长城安上了丰满的绿色羽翼，直可以振翅飞天。两个孩子来不及抬头望一眼，只想赶快到长城的面前，小鹿一样已经蹦蹦跳跳跑到入口处。进去后，走了一段不算近的山路，才到了真正的长城脚下。

“这就是长城！”两个孩子望着近在眼前的长城，这样说了一句。

我说：“对，这就是长城！”然后，又对他们说了句：“不到长城非好汉！今天，你们两人就是好汉了！”

老二望了我一眼，说：“就像‘水浒’里的好汉一样了？”他们两人从小就听我给他们讲过《水浒传》里的故事。

老大指着前面的长城说：“爬上去，爬到顶，才算好汉！”

他说的顶，指的是烽火台。他从来没有见过。我告诉他烽火台是古时候的信息台，那时候，不像现在有电报，有电话，有手机，方便传递消息，如果有敌人来了，怎么办？就在那上面点燃烟火，下面的烽火台看见了，再点燃烟火，像接力一样，一次次地传递。这样，最下面的人看见了，就知道敌人来了，赶紧准备迎敌！

我这么一说，他们更来了兴致，小跑着往上面爬去。黄昏时候的长城，除了我们一家，没有别的游客，如果不是民宿的房东和售票处的人熟，景区是不会卖票让我们进来的。

越往上面走，坡度越大。我走了一半，已经气喘吁吁，走不动了。想上一次来慕田峪爬长城，还是儿子刚上大学的时候，已经是三十多年前的事了。第一次爬长城，爬的是八达岭长城，是当年到北大荒插队回北京探亲的时候，更是五十年前的事了。岁月如流，一晃，人就老了，而上千年的长城似乎永远不老，依然屹立在群山之巅，看尽春秋演绎，看遍云卷云舒，看见千古风流人物前仆后继，风流云散。

我站在那里，扶着墙垛喘息，从垛口望去，山脉起伏，如浪涛奔涌，静寂无声，却可以想象得到苍茫岁月中金戈铁马的奔突声；往上望去，长城如同一团钢青色的火焰，跳跃着，次第有序地在往上面燃烧。曾经多少英雄梦想，多少家国情怀，多少百姓生息，多少战伐杀伤，多少大人物小人物，多少时光沧桑流逝，在这里也如火焰一般燃烧不已。

两个小孙子，已经爬到了第一座烽火台上，在向我招手，一个大声地呼喊："爷爷！快上来呀！"一个大声叫道："不到长城非好汉呀！"

我使劲儿向前走了几步，实在是走不动了，只好向他们摆摆手，叫道："你们爬吧！我再歇会儿！"

两个孩子接着往上爬。黄昏那样短，落日匆匆，如一个大火球，很快垂落西山。暮霭随晚雾烟岚一起升起，天色一下子变得朦胧。在若隐若现的黄昏与夜晚交接时分，长城显得格外雄浑，犹如身披盔甲战袍的英雄或威武的壮士。满山风中尽情摇摆的树木，像千军万马，从四面八方纷沓而至，簇拥着它，更像是簇拥着一个幽深莫测的神灵，正缓缓地向上面走去，一边走，一边带起漫山草木的万千呼响，汇聚成大自然一曲浑厚的交响，为暮色中的长城伴奏。那一刻，长城真像是活了起来。

仿佛被什么感召了似的，引我禁不住往上爬去。就要到烽火台了，蒙蒙的夜色中，看见两个孩子走了下来。我问他们爬到第几个烽火台了。他们说爬到第三个了。我问怎么不再往上爬了。他们说见我一直没上来，有些担心，赶紧跑了下来。

到底是年龄小。看他们劲头十足的样子，忍不住想起自己年轻的时候，不也曾经崇尚“海尽天是岸，山高人为峰”吗？不觉有些“廉颇老矣”而英雄气短。但是，怎么也得往上再爬一点儿，起码要爬到第一座烽火台吧？

两个孩子，一边一个搀着我的胳膊，扶着我走上了烽火台。那里，仿佛是长城浓缩为一点的象征，站在那里，我和两个孩子，拍了张合影，作为这次爬长城的纪念，一老两少，同千年古长城有了一次隔时相连的对话。

我们往下走的时候，天渐渐地黑了下来。到了长城脚下，天彻底地黑了。下弦月还没有出来，只有稀疏零落的几颗星星，点缀在夜空。长城隐没在苍茫的夜色中，仿佛从现实又走回到遥远的岁月里，沉浸在“秦时明月汉时关”的梦中。

走出出口，看见手电光在闪烁，才发现是民宿的房东两口子，站在那里等着我们。这么晚了，归路很黑，他俩怕我们出什么意外。温暖的手电光，在夜色笼罩的山坳中，那么明亮。

2024 年 4 月 18 日于北京

舞台的瞬间

高中毕业那年，我被中央戏剧学院表演系录取。入学之前，表演系的两位老师带我到剧院的后台，看演员们登台前化妆。那一届表演系的学生，正准备毕业汇报演出的话剧《焦裕禄》。看着他们跃跃欲试兴奋的样子，想象着我也要在这所学校学习四年，然后和他们一样，也要登台演出，站在后台侧幕的边上，从幕布的缝隙看到静静的舞台，被灯光照耀得亮如一泓月光下闪烁的清水，隐隐有些激动，心里充满对神秘莫测的舞台的向往。

可惜，入学时间未到，一场“文化大革命”突如其来，一个跟头，我去了北大荒，舞台从此和我绝缘。

十多年前，我到美国新泽西儿子家小住。那里离普林斯顿大学很近，便常到那里散步。校园里很多地方是开放式的，教室、图书馆、教堂、饭堂、学生活动中心……忽然发现有一座红剧场。我不知道它的名字，因为完全用红砖盖成，我给它起名为红剧场。

有一天，我走进红剧场，空无一人，一排排座位虚席以待；空旷的舞台，灯光寂寞地亮着；舞台的两侧，绛红色的天鹅绒幕布，修女一样笔管条直静静地垂着。左侧摆着一个巴洛克式的古典沙发，似乎昨天刚刚上演过一出话剧或歌剧，有哪位公主或将军，曾经在沙发上坐过，然后站起身来，如莎士比亚戏剧中麦克白或哈姆雷特一样慷慨陈词。然后，发生起伏跌宕的情节。再然后，观众席上爆发热烈的掌声。

我还从来没有登上过这样辉煌的舞台。想起当年兴奋异常地接到戏剧学院表演系录取通知书，也见到了表演系的两位老师，一位教台词，一位教形体，交谈得那样亲切，却没有上过他们一天的课，更别说登过一次舞台。这很像还没有来得及和恋人拥抱，哪怕握过一次手也好，就被棒打鸳鸯分开了。

忽然，眼前出现了这样安静轩豁而堂皇的舞台，仿佛和风雨故人重逢。逝去的一切，重现眼前，童话中的花朵一般次第绽开。

站在舞台前，愣了许久，心里翻江倒海。

蓦地，一个箭步，居然像年轻人一样，我跳上舞台。站在舞台中央，我很想像话剧中的主角常会朗诵大段独白一样，面对观众席，像劳伦斯·奥利弗，像孙道临，也激情洋溢地朗诵一遍哈姆雷特的独白，痛痛快快地过一把瘾。可是，那曾经熟悉的哈姆雷特“是生是死”的独白，我竟一句也说不出来。才忽然感到，过去的已经过去了，纵使曾经一江春水，也已经无情东流，一去不返。

我一屁股坐在沙发上，心里很颓唐，却偏偏跷起二郎腿，板正腰身，正襟危坐，俨然摆出一副主角的姿态，睁大了被灯光晃得有些迷糊的眼睛，使劲儿地望着台下，希望台下有观众，观众中有当年带我去剧院后台看演员化妆的那两位表演系的老师。是他们带给我一辈子向往舞台的梦。

可是，观众席上，静悄悄，空无一人。灯光炽热，打在我的脸上，不一会儿，已经冒汗。我站起身来，擦擦脸上的汗珠，有些恋恋不舍地走下舞台。没有像刚才登台一样，一个箭步跳将下去，而是从舞台边的台阶上，一步步缓缓走了下来。昔日情景，在这一瞬间闪回。青春之梦破碎的声音，在红剧场里清脆回荡，没人听见，只有我自己清晰可闻。

2024 年 5 月 5 日立夏于北京

汇文两题

我在汇文中学读书八年，初中高中各三年，“文化大革命”两年。1960 年，我考入这所中学的时候，它已经改名为北京市第二十六中。数字化的名字，遮盖了悠长的历史痕迹。它最早是用庚子赔款建立起来的一所教会学校。

我报到的时候，还在汇文老校，老校在崇文门内的船板胡同。印象最深的是，校园里有一块写着汇文校训的醒目牌子，是当年蔡元培先生手书：“好学近乎智，力行近乎仁，知耻近乎勇。”说实在的，当时我并没有看懂，但是，蔡元培这个人还是知道的，他当过北京大学的校长，而北京大学的前身就是汇文学校。请蔡元培来题写校训，应该不简单，心里便有一种异样的感觉，面对着这则校训，看了许久。

如今，校名由二十六中又改回汇文中学。汇文中学，建校已经一百五十三年。百年沧桑如海，只掬一瓢饮。

园　墙

学校的墙报《百花》，每一期挂在大厅里，都特别吸引我。那上面的很多文章，是高年级的师哥们写的，对我极具诱惑力。和正式的杂志如《北京文艺》《人民文学》高高在上相比，《百花》开在自己的校园里，有一种平等平易的感觉，仿佛一推门就能进去。

我最喜欢一个叫园墙的师哥写的文章。在《百花》上，他写了一组“童年纪事”，每期一篇，回忆他童年的种种趣事和他的大小朋友，文笔清秀淡雅，像散文，又像小说。我读初三的那年寒假，看到他在《北京文艺》上发表了一篇散文《水仙花开的时候》，心里更是特别崇拜他，觉得只有作家才能够在《北京文艺》上发表文章啊，他真了不起！以前在书中见到的那些作家，离我都很遥远，但这个园墙就在我们的学校里，和我在这同一幢大楼里呀。也许，每天放学或上学，匆匆走在楼梯的台阶上，我们早已擦肩而过。

我特别想认识他。我打听清楚了，他读高三，名叫李元强，园墙是他的笔名。我觉得这个笔名取得特别好，比原名元强好很多。园墙，园子的一道墙，什么园子呢？花园？菜园？鲁迅的百草园？巴金荒芜的憩园？契诃夫的樱桃园？……不管什么园子的墙，都会比一般的墙要漂亮，引人遐想。如果换作院墙，或者宫墙，就差多了。

那时，我也想给自己取个笔名，似乎正儿八经的作家，都应该有一个自己的笔名。你看人家鲁迅就是笔名，园墙也是笔名。但是，我想了好久，也没有想好哪一个笔名适合自己。

我已经忘记最后是怎么认识他的了。记得一直到初三毕业，放暑假之前，我才第一次见到他。他个子不高，其貌不扬，但是，一点儿没有影响我对他的崇拜之情。那时，他刚刚参加完高考不久，在焦急等待着大学录取通知书。我向他表达了对他的敬意，他没有什么惊讶或得意的表情，或者说脸上根本没有任何情绪的流露。他很平静地对我说："我知道你！看你们班办的《小百花》的时候，就知道了你。"《小百花》，是我们班模仿《百花》办的板报，每一期也搬到大厅里，摆在《百花》旁边。学校里，曾经一时有大《百花》与《小百花》打擂之说，很鼓励我们罗成叫阵。

我接着对他说起他在《百花》上写的专栏"童年纪事"，觉得写得特别好，希望他能对我说说他是怎么写的。他打断了我的话，只对我说了句："我是看了田涛的小说集《在外祖父家里》，学着写的。你知道田涛吗？"这话把我问住了，我不知道田涛，第一次听说这个名字，茫然而有些羞愧地望着他。

那时候，我不知道他的心里塞满着蒺藜，让他有一种难以言说的难受，这样的刺痛感，他是不会对一个比他小很多的我诉说的，觉得即使说了，我也不懂。我却磨着他，希望他能给我传授一点写作的经验。大概是被我磨得没有什么办法了，便说：“哪天你到我家去，我借你两本书看！”

按照他给我的地址，我找到他家。离我家很近，就在我家前那条老街东头路南的一条小胡同里。胡同虽小，他住的院子却与我们大院一样，也是一个三进三出的大四合院，院子很深，后来搭盖起的小厨房、小偏厦，杂乱拥挤着，他家在院子的最里面。

那天，我在他家没有久留，他拿出早为我准备好的上下两册《莫泊桑小说选》给我，我看到书的封面上印着“李青崖翻译”的字样。这是我第一次知道法国还有个作家叫莫泊桑，也第一次知道李青崖这个翻译家的名字，心里非常好奇，很希望他能对我介绍一下这个李青崖和莫泊桑。但是，他没有说别的，只是说看完了再到他家里换别的书。我很感谢他，觉得他很了不起，看的书那么多，都是我不知道的。我渴望从他那里开阔视野，进入一个新的天地。

看完这两本，到园墙家还书，他已经不在家了。他的母亲告诉我，他没有考上大学，原因是出身问题。他被分配到南口农场上班去了。

那天，从园墙家走出，我的心里很怅然。想起莫泊桑，想起李青崖，想起园墙，这三个名字，一下子都变得很伤感，眼前弥漫起一层世事沧桑难预料的迷雾。

南口农场

高中三年，每年都有一次下乡劳动，一般是在新学年开始后的秋天。这时候，天气不冷不热，是北京最好的时候；而且，也正是农村的秋收季节。

印象最深的是高二。在南口农场。这里以前是一片荒沙滩、古战场，亘古荒无人烟。1958年“大跃进”时代，人们才在这里建起了农场。由于这里号称有“三多”和“三少”，“三多”是石头多、风多、酸枣棵子多，“三少”是土少、水少、树木少，所以无法种庄稼，便种果树，主要是苹果树，逐渐把它改造成一片挺大的果园。南口的苹果，有过出口的声誉，曾经一度是个响亮的名字。最初来这里的大多是复员军人、下放干部、当地的农民，以及一些头顶着右派帽子的人。60年代以后，北京城里没有考上大学的学生，也有很多来到这里。可以说，这里是北京知青上山下乡最早的地方之一。我们兴致勃勃地来到这里，并不知道，几年之后，我们也将成为知青，走和他们一样的道路，获得和他们一样的头衔。

到达这里，正赶上农场在搞“扩坑运动”。所谓扩坑，就是把布满在果树四周的石头全部取出清走，然后换上新土，浇上秋水，目的是让果树的根系能够舒展开来，更好地吸收水分和营养，更好地生长，结果更多更好。这是农场的一项关乎未来发展的基本建设。我们来的时候，看到宿舍、食堂、礼堂的墙上，到处贴满了农场职工的决心书、挑战书，原本计划是六天时间扩一个坑，被他们的豪情壮志和苦干硬干，硬是提前到两天完成。那时，他们的口号是“敢教日月换新天，为了早日建成万亩果园”！

六天变两天！这样速度的飞跃，让初来的我们叹为观止，也敬佩不止，自然摩拳擦掌，不甘落后，和他们一起干了起来。不过，这真的不是容易干的活儿，实在想象不到，坑里面的石头，竟然那么多、那么硬，一镐头刨下去，只会听到“咣当”一声响，看见石头上一个像被牙咬过的白印，石头却纹丝不动。农场的老职工没有笑话我们，帮助我们一镐一镐、一锹一锹，挖出了一块又一块顽固的石头。

南口农场，留给我的记忆，却不是这样艰苦而新奇的劳动。如今，记忆犹新的，在这样两处。

一处是老傅喝粥。

那时候，中午送饭到工地。大家吃完，接着干活。那个年月，每人每月有粮食定量，我们学生是每月 32 斤，吃饭要交粮票，每顿饭便也每人各分一份。有一次午饭有粥，每班同学拿着一个大洗脸盆去打粥，大家随便喝，喝完之后，拿着洗脸盆再去打。对于正处于青春期几乎个个都是大肚汉的我们，是难得敞开肚子的时候。老傅和我是同班同学，这天中午，看见很多同学围着老傅叫喊着，不知在干什么，便也围上去看热闹。不知什么原因，是老傅和同学打赌，还是老傅实在肚子饿了，在大家的起哄中，他竟然抱着洗脸盆，把满满一盆粥都喝了下去。

很久很久以后，我还总会想起那个场面。1964 年的 10 月，秋阳之中，苹果树荫里，众目睽睽下，老傅抱着洗脸盆，仰着脖子，“咕咚咕咚”，牛饮一般，把满满一盆粥喝光。那时候，大灾荒刚刚过去，可是，余烬未散，依然萦绕在很多人的心里。

另一处是夜读《二月》。

那时候，我从别的班的同学那里借到一本柔石的小说《二月》，是一本小开本薄薄的小册子。一年前，电影《早春二月》刚刚上映，孙道临、谢芳、上官云珠主演，很是轰动，大家是从电影知道柔石的小说的。但是，我们来南口农场前不久，也就是国庆节之前，电影就遭到批判。《人民日报》《光明日报》等好多报纸上，刊登了长篇文章，直斥这部电影是大毒草，批判其“宣扬资产阶级人性论和人道主义”，“美化逃兵，宣扬阶级调和”。这样铺天盖地的舆论之下，大家对这本小说更充满好奇。

听说我手里有这本小说，好多同学都想看。可是，已经说好了，书在我手里只能有这样一天的时间，明天就得还给人家，而我自己还没看完呢。记得当时最想看的，是我们班的团支书老朱。他对我说：“你看完了，借给我看。”我说行。收工吃完晚饭，我就抓紧时间看，等我看完，已经到快熄灯的时间了。我把书递给老朱，有些歉意，这么晚了，一屋住着十几个同学，到了时间，老师就要过来关灯的，半夜时分，老师还会来查岗，他怎么看呢？他没有说什么，只是笑着把书接过去，躺在自己的铺位上开始看书。

我不知道他是怎么把书看完的。第二天早晨，他把书还我的时候，我问他，他告诉我，他是躺在被子里打着手电筒，看完这本《二月》的。他看之后，还有另外一个同学在等着呢，那位同学如法炮制，也是打着手电筒躲在被窝里看的，看完之后，天已经亮了。这桩夜读柔石《二月》的事情，在我们班上传为佳话。

南口劳动归来，我写了一篇作文《沙石荒滩变果园》，受到老师的表扬。但是，这篇作文，只写了我劳动的体会、对南口农场扩坑运动的赞扬、对万亩果园未来美好生活的憧憬，没有写老傅喝粥和老朱夜读《二月》。不是忘了写，而是根本没有想到，这样的两件事，其实也是可以写进作文里的。那个年代的作文，不兴这个，兴的是杨朔《雪浪花》《荔枝蜜》的写法，要有点儿意义，要有点儿升华。

没有写的，还有一点。便是刚到南口农场和离开那里的时候，我都想起了园墙学长。他当时在这里工作的呀。可是，在这里，我没有见到他。我曾经向老职工打听过他，但是，他们对我摇摇头，说农场里的职工太多，没有听说过这名字。望着满山的苹果树结着的累累果子，有一种那种年龄无法诉说清楚的难言感觉。

山风呼呼拂面而过。

2024年春节写毕于北京

月下无人自煮茶

偶然读到梅贻琦的一句诗：月下无人自煮茶。想起另一句诗，马一浮写的：独背春风自著花。诗的意思有些相似，都是孤独心境的一种自况，和唐诗“独钓寒江雪”，有着情绪的一脉连续。不过，一个是茶，一个是花，一个是雪，以此作为比兴，既是眼前景，也是心中思，完全中国化的意象。

比较这三句诗的前半句。梅诗是：筵前有酒君共醉，月下无人自煮茶。马诗是：空庭老树无人见，独背春风自著花。唐诗是：孤舟蓑笠翁，独钓寒江雪。会发现，三位的意思又不尽相同。后两者更相近些，空庭老树和孤舟笠翁，是一个意思的两种写法，一种画面的两种笔墨，都是衬托和对应后一句的“独背”和“独钓”，即与孤独互为镜像。

而梅诗不同，前半句是大家在一起的情景，亦即有人则有酒共饮，无人则无酒煮茶。显然，这不是渲染孤独的心情，而是达观的一种表达。我是赞同这种表达的，因此，更喜欢梅贻琦的这句诗。

想起我一位老街坊。前些年，老街拆迁在即，我有好久没见到他。他比我年长几岁，住在一个独门独户的小四合院里，房子是他父亲当年在前门布巷子里开布店赚的钱买下的。前两年，老伴去世后，他一个人住在这里，人老了，朋友也都老的老，走的走，门前冷落鞍马稀，日子过得越发孤独、凄凉。他有一男一女两个孩子，早都各自成家，都劝他赶紧签了拆迁协议书，换成楼房，或者换成现钱，到他们那里住，也好照顾他。但是，说了多次，他明白孩子的好意，却都不同意，也不同意搬迁，就独自一个人住在这里，想的是这是他父亲留下来的唯一念想。自己的儿女没见过父亲，他却是从小到大未曾离开，一直到为父亲送终。见过没见过，一起生活过没有，其中的感情，毕竟不一样。

孤独，是人生中的一种常态，尤其人老的时候。对付这种孤独，梅诗说自煮茶，他也有属于自己的招儿，便是说快板。他这人没别的爱好，从小爱说快板，是跟着戏匣子里播放的快板书，一字一句学来的。他这人有意思，一辈子就说一段快板《劫刑车》，以前甭管到哪儿演出，总是《劫刑车》。上中学的时候，和侯宝林的儿子侯耀文一起在广和剧场演出，侯耀文说的相声，他说的快板，还是这段《劫刑车》。尽管后来侯耀文出名了，他只是工厂磨砂工退休，但那是他的高光时刻。

我就是在广和剧场演出时认识的他。我演出笛子独奏，那时，我上初中二年级，他已经上高二了。

每次我去小院找他，他总会给我说《劫刑车》这段快板。起初，他找出他的那副磨得油光锃亮的快板，能一口气说出整段的《劫刑车》。最近这两年不行了，快板找不着了，只能说其中几句了。毕竟老了，年龄不饶人。

如今每一次去，他给我说的都是这几句："突然间，黑云密布遮天日，哗——，一阵暴雨就似个瓢泼，霎时间雨过天晴消了热……"紧接着又说"升官发财坐汽车，外出还能带俩老婆……"说得有些前言不搭后语。

每一次去，他都会对我说这几句。说完后，他哈哈大笑，问我："说得怎么样？有点儿李润杰的意思吧？"然后，他又会对我说："后来，李润杰把'还能带俩老婆'这句词儿给改了。你说那不是真实的怎么着？是你想改就能改过来的事吗？眼下，看那些贪官腐化，俩老婆？多少个老婆小三小四的，不都让他们给呼噜了？"说罢他又哈哈大笑。

每一次，去他的那个小破院，他都会对我说这几句《劫刑车》。这是我们见面的保留节目。它带给他童年和少年的回忆，带给我和他友谊的回忆。

然后，他才想起给我倒茶。其实，那一壶茶早就沏好了，在壶里泡了老半天，茶水都泡淡了，他自己一直喝着，等着我的到来。那个茶壶是把提梁壶，白釉面上画着几个古装美人。他说这是把老壶，是他父亲留下来的，差点儿没让他儿子拿到潘家园给卖了。

前几天一个晚上，趁着天还没凉，去他的小破院看他。老街上，住户不多了，小院破旧却安静，月光不大清澈却还明亮，却没听他说这几句《劫刑车》，已经有两次没听他说《劫刑车》了，觉得缺了点儿什么。

我问他："怎么不给我说说你的《劫刑车》了呀？"

他摆摆手说："都……都老掉牙的玩意儿了。"

他今年八十一了，是老了，忘性大了，说话也不大利落了。我看得出来，他已经记不清《劫刑车》这几句词儿了。但是，他没有忘了给我倒茶，茶还是沏在那把老提梁壶里，月光下，茶和壶一闪一闪地发亮。

2024 年 9 月 22 日秋分于北京

辑五 偶然之间

一个人的人生半径极短，平常能与你联系的，只有那么几个人，撑死了，也就几十个人而已。

上海知青

小林是上海知青。在北大荒，我们在一个生产队。他不怎么爱说话，就是闷头干活儿。会哭的孩子有奶吃；只会闷头干活儿，在队上头头那儿，不得烟抽。上海知青一般不仅能干，而且说话甜，很有人缘，不少很快就调到机务开拖拉机康拜因，那时，流行一句俗语：上机务，下农工。小林一直在农工班干农活，夏天收麦子，秋天收大豆，冬天到七星河修水利。

我和小林不熟，来往不多。那年，我暂时调到师部宣传队，干了小一年。夏天，北大荒常有暴雨来袭，麦收时候，来得最多最猛。那一年来得尤其猛，连续好多天下个不停，老农说天要漏了！麦子都泡在雨水里，拖拉机康拜因无法下地，收麦子，只好人工干。知青们人手一把镰刀，冒雨下地抢收麦子归仓。我奉命写了个小节目《小镰刀战胜拖拉机》，在三江平原到处演。

麦收结束，演出完毕，雨季过去了，长舒一口气，算是消停了。忽然想起我的那一箱子书。从北京来北大荒，我带了两个箱子，一个箱子装的是满满一箱子书，虽不是珍奇的版本，却藏有我青春时节蠢蠢欲动的文学梦。知青带去的箱子，都放在队里用茅草搭建的简陋窝棚里，下了这么大的雨，窝棚肯定被雨浇得漏成了筛子眼儿，我人又不在队上，我那一箱子书，还不都让雨水泡烂了呀。

宣传队休整的时候，我请假赶紧过七星河往队里跑。回到队里，先着急忙慌地要去看我那一箱子书。同学对我说："放心吧！早有人替你保存好了！"

便是小林。尽管雨中收麦子那么累，一身湿淋淋的衣服没换，却先跑进窝棚，用厚厚的草帘子，好几层替我把箱子像包粽子一样，包得严严实实的。

"别看他不言不语的，知道那一箱子书是你的命根子！"同学又这样对我说。

五十多年过去了，那一箱子的书好多散失了，仅存的几本书页间残留的雨水洇湿的黄渍，清晰还在，斑斑物证一样，书写着小林对我的情谊。

小童也是上海知青，在我们队上所有女知青中，她长得最漂亮，个头高挑，亭亭玉立，还写一手漂亮的好字。那一年，我被调到团部编写知青诗选，缺一个会刻钢板的人，我推荐了她，和她相处了一个来月，心里暗想，这样秀外慧中的好女子，不知哪个男知青有福气能够娶到她？

娶到她的是我们队上的统计小陈，也是上海知青，人长得英俊挺拔，和小童郎才女貌，天造地设的一对。不仅我一个人，几乎全队的人都觉得，没有比他们更般配的了。

我和他们两口子很熟悉，他们到北京，我到上海，总要见上一面叙旧。那一年，我到上海淮海路的新华书店签名售书，很多队上的上海知青来捧场。小童自然也来了，没见到小陈，一问才知道小陈在加班。我知道，小陈已经是一家单位的基建处的处长，大星期天的，还要加班。小童告诉我，他正带着一帮工人在工地上加紧干活儿，中午休息的时候，他会抽空赶过来。

中午，小陈真的来了。令我没有想到的是，他居然是开着大卡车来的。我异常惊讶，星期天的淮海路上，这大卡车，他是怎么开过来的呀！

一身工服，一脸汗珠，他对我说："你就别担心我是怎么开过来的了，你好不容易来一趟上海，我怎么也得来看看你呀！"然后，他笑着又对我说："不是开着这卡车，我还真的过不来淮海路了呢，它是我的通行证！"

从来没有一个人，只为了看你，竟然是开着大卡车，穿过喧嚣的闹市，隆隆响着，赶了过来。以前没有，以后也不会有。

知青的友情，有时候就是这样让人意外，真挚又真实，感动并感叹。那是因为有青春时节的滋养，有漫长时光的磨砺，让这一份友情打上了岁月结实的包浆，才会给你一个意外的惊喜，如魔术师蓦然间变出的一捧鲜花，芬芳在你的眼前和日后长久的记忆里。

2024年4月19日

三遇小萍

小萍是我儿时的伙伴。我们俩年龄一般大，同在一个大院里长大，一起上小学，上中学。她妈妈一个人拉扯着她和弟弟妹妹艰难度日，学校给她每月八元五角助学金。三个孩子越长越大，家里生活越发困难，小萍没再读高中，开始在街道一家小厂工作，赚钱养家，替母亲分忧。“文革”开始没多久，便和一个比她大九岁的工人结婚。那时，她刚刚二十出头。结婚那天，爱人骑着自行车接她，她也骑着辆自行车，后车座上驮着被褥，离开我们大院，双双骑车，绝尘远去。

1974 年春天，我刚从北大荒调回北京当老师。一天清早上班，在鲜鱼口的大江胡同，见小萍推着自行车（还是结婚时那辆），远远走来，我们都愣愣地立在那儿。这是一别多年之后第一次相遇。她的后车座上坐着一个三四岁的小姑娘，是她的女儿，她送女儿到幼儿园。幼儿园在小江胡同，她工作的厂子在鲜鱼口。我已经忘记了我们都聊了些什么，那时候，我们都还年轻，却已经经历了时代的动荡和沧桑。开春时节的胡同，没有一株回黄转绿的树枝，灰蒙蒙的，显得有些凄清落寞。

第二次相遇，是 1997 年的夏天。我的一本新书《绝唱老三届》出版，那天，我在西单图书大厦签名售书。没有想到，抬头看见她站在我的面前，递给我一本她买的书让我签名。一晃，二十三年没见，她没什么变化，依然亭亭玉立，像中学时一样。她笑着对我说："还没有变化呢，都老了！"我站起身问她怎么知道今天我在这里。她指指身后，我看见了大院另一个儿时伙伴光华。她告诉我："我们两家住得特别近，前些天买晚报时那么巧碰到一起了，光华告诉我的。"光华走过来，指着小萍说："现在人家是大厂长了！"小萍笑了："什么厂长，就是一个车间主任！"我说："车间主任，也不简单呢！"

一晃，又是二十多年过去了。有一天，小萍在网上看到一则消息，说我死了，她很吃惊，立刻跑到光华家问到底怎么一回事。光华说："复兴好着呢，前两天还和咱们院的老街坊一起去天坛呢！"小萍大骂："哪个王八蛋敢这么造谣！"这事传到我的耳朵里，我很感动。不过是儿时的伙伴，平常日子根本没有联系，竟能这样关心你！想想，世上的友情多种多样，只有童年的友情，不带任何利害关系，不染任何芥蒂渣滓，天真、纯真，如一泓清澈的泉水，才能从遥远的童年，一直流淌到今天，没有污染，没有干涸。

约上小萍，约上光华和大院里几个童年的伙伴一聚，便有了和小萍第三次相遇。算一算，距离上次，过去了二十七年；距离第一次，过去了整整五十年。今年，我和小萍七十七岁，都已经霜鬓尽染。看见她的身影在餐馆的窗玻璃前一晃，和在校园里惊鸿一瞥一样，一眼就认出她来。落座后，听她说起过去的事，发现她的记忆力那样好。童年、大院、老街……纷至沓来，我们一下子返老还童一般，立刻回到逝去已久的时光里。

她笑着对我说："那时候，你胆小，像个小姑娘；我胆子大，像个假小子！"大家都笑了。"没错，那时候，大院里那么高的枣树，秋天，到了打枣的时候，她一个小姑娘敢爬到那么细的树尖上，摇摇晃晃，也不怕掉下来！"我说她。她说我："你只会站在树下面，等着我拿枣砸你的脑袋！"

童年，竟离我们那么近，仿佛一伸手，还能摘到大院里枣树上那又甜又脆的马牙枣。

2024 年 5 月 10 日于北京雨中

南深沟

深沟胡同，是明朝就有的老胡同，分南北，呈斜对角，在西打磨厂老街中路交会，形成重要的节点。南深沟南通兴隆街，北深沟北通后河沿，连接老街南北。

南深沟似乎比北深沟更为重要，因为一般人们要去前门火车站，才会走北深沟，再往北，被护城河和明城墙挡住，不大方便。人们更多是去鲜鱼口、大栅栏、珠市口，必要走南深沟。

南深沟北口路西，有一家叫广玉的老饭馆，民国时期就开在那里。把口路东，是家自行车修理铺。这两处我更熟悉，也更亲切。虽然我只去过一次广玉饭馆，只吃过一碗盖浇饭，但那一碗盖浇饭怎么那么好吃，让我记忆至今。那一年，我读初一，全国闹灾荒，肚子空空的，总也吃不饱。修车铺露天，修车的师傅，外带干点儿电气焊的活儿，电焊时喷出的蓝色火苗，像烟花一样好看，散发出的气味儿格外好闻。我特别爱闻那种气味儿，用当时语文课上新学的词儿，真有种“沁人心脾”的感觉。

更主要，南深沟胡同里面住着我的一位小学同学，叫孟霭云，一个好听的名字，一个漂亮的女孩。她家在南深沟南端路西，一个独门独户的小四合院。只是我从未进去过，小学六年，矜持的她也从来没有邀请我进去过，甚至都没怎么和我说过话。小学毕业，我考入汇文中学以后，再没有见过她。无数次走过南深沟，只要走进胡同口，便会想起孟霭云。经过那个门口蹲着抱鼓石门墩的小院，都会忍不住望望，想象着小院里面会是什么样子，孟霭云又变成了什么样子。

一晃，六十多年过去了，似乎我一下子就变得两鬓苍苍，少年时代像一个不真实的梦，远远地跑走了。

前两天，我回母校汇文中学，和我当年在这里读书时一般大小的同学座谈。座谈结束，主持活动的一位年轻女老师对我说：“我家离您小时候住过的西打磨厂很近。”我问她：“你家住什么地方？”她说：“南深沟儿！”南深沟儿，只有老街上的人叫南深沟时才会加个儿化音。一下子，那么熟悉，那么亲切，仿佛回到了老街，回到了童年和少年。

我和她并肩走出礼堂，走出实验楼，穿过新建不久的教学楼大厅，向学校大门口走去。光顾着和她说话，竟然那样有失礼貌地把身后的老师忽略，忘记和她们打招呼。

一路上，她告诉我，她从前门小学、前门中学毕业，考入汇文中学，毕业后考入大学，本科和研究生毕业，又回到汇文当老师。我说我也是在前门小学上的学，那时候，叫第三中心小学。我告诉她，学校以前是座庙。她有些吃惊地望望我，我对她说："我们不仅是老街坊，还是小学和中学的校友呢！"

我问她："你知道南深沟北口的广玉饭馆吗？"她一下子兴奋地笑着说："那里的鱼香肉丝最好吃。"我也笑了，我小时候，那里没有鱼香肉丝，只有盖浇饭。

我又问她："知道南深沟北口的修车铺吗？"她摇摇头，说："胡同口有一家报刊亭，每一期儿童画报，我都是从那里买。"我小时候，那里没有报刊亭。我告诉她老街有家邮局，每一期《少年文艺》，我都是从那里买。

她对我说："我看过您写的正义路，以前我也常去正义路玩，读书，我也有故事，发生在正义路。"我想，怎么没人写写正义路呢？终于，等到了，有写的了。说完，她望望我，近视镜片后清澈的眼光，让我感动。正义路有个幽静的街心公园，离老街很近，那里居然也有我们都曾经走过的足迹，和年少时怦怦的心跳。

我问她："你家原来住在南深沟哪儿？"她说："就在銮庆胡同口的边上，对面就是北墙缝胡同，不知为什么，我们都管它叫糖胡同。"

回忆，总会让人兴奋，更何况，回忆中有我们共同的经历，尽管她和我相差几十岁，汇文高中毕业，她比我低四十七届。

我“哦”了一声，脑子里立刻闪现出南深沟的地图，知道她家在胡同南面，便对她说：“你家南面一点儿，也是路西，也有一个小四合院……”

没等我说完，她立刻说：“知道，那个四合院比我们的院子大……”

我也打断了她，问她：“你知道那个四合院里住着姓孟的人家吗？”

她摇摇头。她家三代住在南深沟，她爸爸应该知道。

不知为什么，那一刻，时光穿越，情景置换，竟然有些恍惚，站在我面前的她，像是孟霭云。

南深沟！

2024 年 10 月 1 日国庆节

偶遇

我喜欢偶遇。一个人的人生半径极短，平常能与你联系的，只有那么几个人，撑死了，也就几十个人而已。偶遇，虽然不过是萍水相逢，但最是这些素不相识的人，在偶遇之间，最能敞开心扉，无所负担，无所欲求，只是说说心里的话，乃至心底的些微秘密。我称之为生活中的“萍水相逢的偶然逻辑”。在这个逻辑下，可以让陌生变为依稀曾见，让擦肩而过变为坐下来倾心交谈，让潜藏心底的秘密，可以变为浮出水面的睡莲绽开，在你的眼前展开一个开阔的天空和天空下遥远的地平线。

那年夏天，慕名寻访位于北京城南白纸坊的中山会馆。它最早是严嵩的花园别墅，清末被留美归来的唐绍仪（后在袁世凯当临时大总统时当过国务总理）买下，改建为带点儿洋味的会馆。民国元年，孙中山当了大总统来北京，就住在这里，中山会馆，由此得名。

那时，中山会馆还没有重新翻建，院子非常乱。它相当大，不算正院，光跨院就有十三座。我一时摸不着头脑，不知该怎么走才能找到孙中山当年下榻的房间。误打误撞，走进一座南跨院里，偶遇到一位老太太，七十七岁，鹤发童颜，广东中山县人，和孙中山是老乡。她家祖辈三代住在这里，正好可以向她求教。

这是一座独立成章的小院，院门前有回廊和外面相连。我是贸然闯入，和老太太素不相识，不知为什么，老太太和我一见如故，搬来个小马扎，让我坐在她家宽敞的廊檐下，向我细数中山会馆的历史，告诉我孙中山当年住在院里的什么地方。说到兴头上，她站起身来，到屋子里拿出厚厚的一本老相册翻给我看。小院里只有我们两人，安静异常，能听到风吹树叶的飒飒声。

翻到一页，相册的黑色纸页上，用银色相角贴着一张黑白照片，照片上是一个英俊的年轻人，坐在镂空而起伏有致的假山石旁。她告诉我："这是我的先生，已经去世二十多年了。"我问她："这是在哪座公园里照的？"她说："不是在公园，就在中山会馆这里照的。"说着，她走下廊檐的台阶，带我向跨院外面走去。我上前要扶她，她摆摆手，腿脚很硬朗。来到前面已经杂乱不堪的院子，她向我指认当年院里的小桥流水、花木亭台和她先生照相的地方。一切仿佛逝去得并不遥远。

不知为什么，那一刻，望着照片，望着眼前的院落，又望着她，我心里非常感动。不仅感动于她和她丈夫的这一份感情，同时感动于她愿意将这一切讲给素不相识的我听。

和她告别，她坚持送我出跨院的院门，那一刻，仿佛我是她的一位阔别多年的朋友。出院门的那一刻，我忽然看见沿着院门南墙下种着一溜儿玉簪，正盛开着洁白如玉长长的花朵，像是为小院镶嵌上的一道银色的花边。我指着花对她说："真是漂亮！"她对我说："还是那年我和我先生一起种的呢，一直开着！"

人生中，自然很难出现电影《罗马假日》里赫本和格利高里·派克那样戏剧性的偶遇。但我们平常人的偶遇，有时候，真的和电影《罗马假日》里一样，也可以感动我们自己，起码比和常见面熟人的相遇要让人难忘。试想如果我和这位老太太是早已经彼此熟悉的街坊，还有可能发生这一切吗？或者，所发生的这一切，在我的记忆里，还会呈现一幅如那一溜儿玉簪花难忘的画面吗？这便是偶遇的魅力，陌生胜于熟悉，片刻胜于长久，记忆胜于现实，让这样的偶遇带有了美学意义上的一点价值。必然所发生的一切，是预设或可以想象得到的，远不会有偶然获得这样意外的美好。

米兰·昆德拉说："我们有理由责备人类因为对这种偶然巧遇视而不见而剥夺了生命的魅力。"没错，我们往往在这种偶遇中，会产生与美不期而遇的生命魅力。起码，可以让我们单调枯燥水波不兴的生活，溅起一点儿水花，荡起几圈涟漪。

2024 年 9 月 1 日雨后于北京

手机号码

那天中午，我们两人坐在天坛长廊的椅子上，各靠着一个圆柱晒太阳，相互望着。他忽然问我多大岁数了，我说：“你猜。”他眯缝着眼睛没说话，我告诉他七十七了。他点点头，说：“跟我刚才想的就差了一岁。”我问他多大岁数了，他也让我猜。我说四十多。他呵呵笑了，指着我说：“还是你会说话，我今年五十一了。”

这是一个会揣摩人的人，有点儿意思。

我问他：“听你的口音，不是北京人吧？”他说：“我是山西人。”我问：“来北京玩了？”他说：“我十七岁就来北京了。”好家伙，都来北京三十多年了。他告诉我，老家在农村，又是山区，生活苦，就跑到北京来了。没想到，北京也苦，是另一种苦。我说：“你坚持下来了，说明你能吃苦。”他答道：“那是，不能吃苦的，在北京待不了两年就跑回去了。”

就这么聊了起来。我知道，他初来北京，在工厂打工，做学校的运动器材，开始不错，工厂效益挺好，他攒了点儿钱，娶了个河北涿州的媳妇，成了家，还早早就买了辆小汽车。后来就不行了，工厂倒闭，他找到个给小区看摩托车车棚的差使，没工钱，小区只负责住处，楼下的地下室的房子，他图房子免费，还挺宽敞，他和媳妇算有了窝。车棚安有摄像，平常只管棚子的维修，不用专门看管，他就开着自己的小车跑滴滴，每月能赚七八千块钱。媳妇在超市干活，也挣点儿钱，就这么着把一个儿子养大，前年大学毕业，在河北一家企业做人力资源工作。日子算是安定了下来，算不上大富大贵，老家来北京没干两年就跑回去的伙伴，有些羡慕嫉妒恨。

我问他："你跑滴滴，怎么今天有闲工夫，跑天坛玩来了？"

他告诉我："不干了，过两天就准备回涿州了。前些年，趁房子没涨价，我在涿州买了一套房子，都已经装修好几年了，儿子准备结婚，我们就乎他，离着近点儿，一起搭帮过日子，也有个热乎气。你看我来北京这么多年了，光干活儿了，北京的公园，一个也没来过呢。这不，我就想离开北京前，把北京几个主要的公园都逛逛！"

我问："怎么没把你媳妇带来一起逛逛呢？"

"她呀，着急儿子的婚事，早早先回涿州忙乎去了。"

我夸他："你厉害呢！这三十多年，娶了媳妇，买了车，培养儿子上了大学，还买了一套房子。有多少北京人能赶上你？"

说起房子，他的脸上立刻放光。对我说起他买房子的光荣历史。他确实是个能人，北漂的外地人不少，能赶上他的，不多。他刚买房子时，说好的管道煤气没通，每家发了一个煤气罐。一帮业主不干了，整天围着物业闹，没用。他找到了县委书记的电话，他对我说："这个新来的县委书记不错，把他的手机号码公布了，他用手机一打还真的就打通了。"阎王好挡，小鬼难缠，县委书记发话，没多久，管道煤气通了。

他成了小区的能人，只要从北京一回涿州，小区的业主就找他。他帮助大家完成了第二件大事：小区自来水一直没通，开发商自己挖了一口井，大家一直喝没有经过处理的地下水，但按照自来水标准收钱。他又给县委书记打电话，还真的很快又通了，问题又迎刃而解。

我有些不大相信，这么顺利，给县委书记打个电话，什么事情就都办成了？他的手机这么神奇，有特异功能怎么着？

他眨着有些诡秘的眼睛，冲我笑了笑，说："我的手机没有特异功能，但我的手机是北京的号。我们小区的业主也给县委书记，给市长打过电话，都打不通，因为是当地的手机号码。他县委书记一看，是北京的号码，以为是北京什么人或者上级什么部门的电话，他就是犹豫一下，也得接，怕不接，万一真有事，麻烦！你说是不是这个心理？”

说得我不住大笑，连连对他说：“你可真行，心理学家呀！”

他摆摆手说：“哪里，也得说我碰上的县委书记人好，给老百姓办事！”

说痛快了，他起身要走，我问他接着去哪儿转转。他说：“下午去北海。”他的小车停在东门了，从天坛到北海不远，昨天去了颐和园和圆明园，再收拾收拾，后天就开车回涿州了。

“北京，拜拜了您呢！”他扬扬手，最后对我说。模仿的北京话，半生不熟。

2024 年 5 月 7 日于北京

广州街头

那年初夏的一天黄昏，在广州环市东路的地质宾馆前，下了出租车，过马路往宾馆走，没留神马路牙子前面有个往下走的台阶，一脚踩空，我结结实实摔了个大马趴，手里的矿泉水瓶甩出老远。一下头晕目眩，没敢立刻爬起来，毕竟老了，想待一会儿，身体感觉无碍，没什么事情了，再爬起来。

不知怎么搞的，闹市的喧嚣，一下子从耳边消失，仿佛被我这一个跟头过滤干净，四周显得那样清静，居然有种天籁般的感觉。整个城市，似乎都躺平在我的眼前，和我的视线一样低矮、平行。那一刻，整个世界神奇地变成了另一种模样。

眼前，只见路面上的尘埃，淡淡烟岚一样，吃凉不管酸地飘浮；砖缝间有细细的杂草，大树一般高大起来，在不动声色地轻轻摇动。再有，便是各式各样的鞋子，正是下班时分，人来人往，凉鞋、拖鞋、皮鞋、布鞋、运动鞋、高跟鞋……五颜六色，来来去去晃动，彩色的热带鱼一样，在我的眼前游来游去，颇有一种潜水海底看到的情景，无声而五彩缤纷。

没有一个人管我。只任鞋子如鱼穿梭不停，仿佛我只是水中的一块礁石，或沉入水底的一艘锈蚀沉船。整个世界，仿佛电影院里放映的默声片。

一直到有个声音传来：“你没事吧？”那声音，有些缥缈，典型的广东话。我从小在北京的粤东会馆长大，院子里居住的很多是广东人，这样的广东话，听得懂，很熟悉，很亲切，很遥远。

抬起头来，见一位瘦瘦的老太太弯着腰问我。

我对她说：“谢谢您，没事！”

她扶我站起身来。我看见，不远处，一位老爷子捡起矿泉水瓶，正蹒跚向我走来。我还看见，老爷子身后，是便道上种的一排腊肠树，明黄的腊肠花，一串串垂挂下来，像一串串风铃，在黄昏的热风中摇曳，忽然，感觉听到了细微却清脆的声响。

广州街头那一幕情景，总让我想起，总觉得像一幅画，三个白发苍苍的老人，两个老头，一个老太太，素不相识，在那一刻因我突然摔倒而相遇。我们的身后，是一串串那么明艳的腊肠花，仿佛特意悬置的背景，不是一幅画，又是什么呢？

是的，只是一件小事。在广州街头那个夏日黄昏，我们萍水相逢。看我没事，老太太和老爷子就走了。一辈子，我再不会见到他们，他们也不会再把这件小事想起。但是，我却很难忘记他们的出手相助，他们对素不相识者的良善心地。

想想，人这一辈子，真正能让你难以忘怀的，让你心里能够轻轻一动的，其实，都是这样一件件的小事。也许，我们凡夫俗子的人生，就是由一件件小事构成的，如同渔夫织的渔网，即便线绳粗陋，孔眼稀疏，也是一线一线织成，得用它来捕鱼为生。这个世界，大事有人管，用不着我们操心，只有这样的小事，可以由我们自己做主，自己完成。

想起以前在文章中写过的一句话：没有这样一件件小事，我们的人生就是一只褪光毛的白斩鸡。望着老太太和老爷子远去的背影，我想起了这句话。

广州夏日街头的老太太和老爷子，还有那一双双五颜六色的鞋子，和那一串串明黄照眼的腊肠花！

2024 年 8 月 5 日于北京

哈尔滨街头

大兴岛武装营组建宣传队，和我先后脚报到的，是袁柏林。一个个头不高却很精神的小伙子，哈尔滨知青，打扬琴。

我和他睡在营部的一铺炕上，天冷，就睡在一个被窝里，亲如兄弟。在大兴岛乃至建三江大大小小的角落里演出，没有车，要在那甩手无边的荒草甸子或弯弯曲曲的泥路雪路上走，都是我和他走到最后，一人在前一人在后，用一根木棍抬着扬琴盒。大概，因为我总和他一起抬扬琴盒，让他觉得有人在帮他，一直很感谢我。

他是一个性格内向的人，不大爱讲话，我们彼此之间交流不多，大多时候都是默默地走，但在夕阳下或在月光中，乃至在细雨蒙蒙和飞雪飘飘中，扬琴在盒子里，似乎和我们彼此的心一起在唱，我们都感到很亲近。

那一年，武装营的宣传队解散，我要到场部当老师，他留在队里干农活。分手的那一天，他送我到大路口，默默地，一句话也没有说。我走了老远，回头一看，他还在路口那里站着。再一回头，他还在那里站着。

1974 年，我离开了北大荒，我到队里和他告别，留给他我家的地址，对他说："以后来北京，到家里找我。"分手的时候，他又是到大路口送我，默默地，一句话也没有说。我走了老远，回头一看，他还在路口那里站着。再一回头，他还在那里站着。

我们再也没有了音信。谁想到，十多年前，一次哈尔滨聚会中见到了他。他告诉我的第一件事情是："这么多年，我一直没能够再见到你，我一直在找你。"

这句话，一下子让我心动。

他又对我说："我把你这些年出的书，在哈尔滨能够买到的都买到了，我家里摆着的你的书有一排。"

这话让我感动，便越发惭愧。

然后，他又告诉我：1982 年秋天，他旅行结婚到北京的第一天，在街头买了张《北京晚报》，他知道我写东西，想看看报纸上面有没有我写的文章。怎么那么巧，那天的报纸上，正好登载着我写的一篇散文《北大荒归来》。

那年，我大学毕业，重回北大荒，写了那篇感想。真是阴差阳错，不是早一天，也不是晚一天，就在他刚到北京的那一天，北大荒和我的名字一起出现在他的眼前，让他感到我们的缘分。按照我留给他的地址，他带着新婚的妻子好不容易找到，而我早已搬家多年。

“我一直打听你，都过去了几十年，今天才又见到你，你知道吗，你影响了我的一生。”

我知道他不是善于言辞的人，他说的话出自真心，并非过年话。虽然，这样的话，我受之有愧。我不知道，有时一个人看似微不足道的一件小事，却能够起到意想不到的作用。在我的一生中，我还从来没有听到过有人这样对我评价。我会影响一个人的一生？我怎么会有这样大的作用？特别是在北大荒，那是一段我狼狈不堪最不堪回首的日子，可以说几乎没有什么人能够看得起我。但是，袁柏林毫不做作的言辞，让我感到那段日子并不都是轻飘飘的，而有了些许的分量，让我感到被人惦记着的快乐，以及给予别人和从别人那里得到的快乐。

我对他说：“你的友谊让我感到温暖，我一直都没有忘。”说出这样的话，我是惭愧的，因为我毕竟并非一直未忘。

有时候，我会想：北大荒并非时过境迁之后我们如今想象的那样尽善尽美。历史的沉重，让往昔的天空有过阴霾。但是，真挚的情感，哪怕轻如一茎羽毛，却能够浮上天空，现出一点亮色，让那阴沉沉的空中透明一些。时间毁灭一切，回忆却将那已经消失的一切搭救出来，透明的云朵一样飘浮在空中。

我也会想：他说这么多年一直在找我。这么多年，我可曾也一直在找他？真的，想到这一点，我感到惭愧。人生匆忙和烦扰中，让我遗忘了许多人和许多事，记忆如同一件漆皮脆薄的家具，经不起时间的磕碰，斑驳脱落的，往往是我最应该珍惜的呀。

哈尔滨那一晚的聚会，一直到夜深时分。走出餐馆，街道上的行人已经很少，深夜里寂静的哈尔滨，松花江边正在准备哈尔滨之夏音乐会。晚风中，乐器调音和麦克风调试的声音，从远处隐隐传来，嗡嗡的，像是蜜蜂的声音，那样轻柔动听。我的眼睛一阵湿润起来。

再好再长的宴席，总有结束的时候，分手之后，坐上车子，走了好远，回头看，我看见袁柏林还在餐馆门口那里站着。车子开远了，再一回头，他还在那里站着。以致很久很久过后一直到今天，只要想起哈尔滨，我就会想起那一晚街头站着的袁柏林，想起那一晚街头哈尔滨之夏音乐会调试音响的音乐，仿佛在为我和袁柏林北大荒悠长的回忆伴奏。

2024 年 3 月 15 日

天坛拾零

最后的芍药

五月中旬，春早已去，天坛的芍药园里，居然还有芍药顽强开放在枝头。在四周一片凋零的芍药园里，这几朵最后盛开的芍药，格外明亮照人。

那天下午，在一株白芍药旁，坐着一位白发苍苍的老人，头戴一顶渔夫帽，膝上摊着一个画夹，在画着这株白芍药。

我走过去，看到这株芍药枝叶间，伸出两朵白花，虽不甘心般依然开放，却已渐萎缩，花瓣低垂，摇摇欲坠，随时都可能飘零落地。

我和他交谈，知道他今年已经八十二岁，是一位画家，以前画水粉风景，这几年想画线条。他说他很佩服王叔晖，画的《西厢记》《红楼梦》里人物的线条，一笔勾勒，那么爽朗，那么美。

“年轻时，没画过，年老了想学。”说完，他笑了，自嘲道：“看我牙都快掉光，只能吃鸡蛋羹了，还要从头学艺。”

我说：“您这是衰年变法呢！”

他摆摆手说：“你夸我！眼睛不行了，画一会儿，就眼花。”

“您应该戴副墨镜就好了。”

“是，不过，一会儿，太阳就过去了，树荫就过来了。”

是，一会儿，太阳就过去了，树荫就过来了。

残花，老人，那一刻，叠印一起。

红墙下

天坛丹陛桥外西面的红墙下，柏树荫中，有好几处人影幢幢，走近看，是拍古装照的。他们坐在马扎上，穿便装的给穿古装的人化妆，身边放着照相机和反光板，还有个大提包，里面鼓鼓囊囊，大概装着的也是各式古装吧。穿古装的，有年轻的姑娘，也有半老徐娘，还有小孩子。

一个女人见我走过来，站起身来走到我身边，对我说：“照张相吧，我们有服装，还管化妆。”拍照、化妆和拉客，三位一体，各司其职。

绿瓦红墙下，拍古装照，效果不错。以前，天气好的时候，天坛里，也能见拍古装照的人，大多数是自己拍着玩。天坛公园里有出租古装的，也有自己带来的，披红挂绿，大摇大摆在天坛里穿行。如今，拍古装照成为生意。起码，去年还未曾见过。

商机只要一冒芽，很快就会如春草茵茵一片。

同二八月乱穿衣一样，古装不知是什么朝代的，而且，都很破旧，脏兮兮的，不知道穿过多少人的身上。反正拍出照片，一美颜，一修图，什么也看不出来了。旧也好，新也罢，脏也好，乱也罢，红墙是古的，祈年殿是原装的，新旧搭配，古今穿越，如拉郎配一般，拉来古老的天坛，为我们的今天服务，你赢得照片和心情，我赚来了钱，也算是天坛开发出来的新功能吧。

绿荫，红墙，古装。三位一体，相映成趣。

祈年殿前

夏日的下午，阳光很强烈，天坛里，依然阻挡不住游人如织。在祈年殿前，我看见一位身穿白色连衣裙的漂亮姑娘倚在墙边，另一位姑娘在给她拍照。墙头蓝色的琉璃瓦，背景金碧辉煌的祈年殿，还有一圈汉白玉的雕栏玉砌，配她这一身白裙飘飘，那么好看。我赶紧掏出画本，站在那里画她一张速写，画得飞快，生怕她拍完照走了。阳光在画本上活泼地跳跃，也跳跃在姑娘笑盈盈的脸上。

忽然，画本上一片荫凉。有些奇怪，以为天上飘过来一片厚厚的云彩。抬头一看，是一位年轻的姑娘为我撑起了一把遮阳伞。她侧着身子，歪着脑袋，看我画画。我赶紧谢了她。她笑着夸我："您画得多好啊！"我问她从哪儿来的。她告诉我是武汉人，放暑假，带弟弟来北京玩。我才看见十岁左右的弟弟，在一旁也看我画画。

这一会儿的工夫，拍照的姑娘走了。铺着蓝色琉璃瓦的墙边，只有一片影子。她和弟弟都笑着对我说："看，人家走了，你还没画完呢！"

我看见，她也穿着一件白色的连衣裙，那么好看。

2024 年 8 月 7 日

辑六 蔷薇笺

数九隆冬，白雪红炉，三五亲朋围坐，
一壶杨桃茶尽饮，最是滋味无穷。

杨桃茶

第一次见到杨桃，在童年。那时候，我家住北京一座叫作粤东会馆的大院里。院里住的大多是广东人。那年冬天，一位我叫欧阳太的奶奶，从她老家广东探亲回到北京，送给我家两个杨桃，说是她老家自家树上结的，让我们尝尝鲜。我们家里的人见都没见过这玩意儿，问："怎么吃法？"她说："怎么吃都行，挺好吃的呢！"

我妈把这两个杨桃切成片。说实话，一点儿也不好吃，因为一点儿也不甜，只是有点儿涩。小时候，什么也不懂，觉得水果都应该是甜的才对。不过，它的样子好看。从来没见过这样形状的水果，带棱带角，颜色绿中带黄，特别鲜灵。切成片，像五角星，更好看。对着阳光看，纹路细细，清晰而水灵灵，好像在动，阳光跟着也在水纹里动。

长大以后，看书知道鲁迅特别爱吃杨桃，特别写信告诉许广平。便附庸风雅又去吃杨桃，觉得味道并不像童年时那样寡淡，似乎因有鲁迅的加持而变得滋味别具，挺好吃的了。其实，杨桃的味道并没有改变，改变的是自己，自以为长大，是受外界的影响不知不觉长大，就像树叶渐渐地变黄，被风吹得飒飒作响。风，虽然看不见，潜移默化的力量却很大。

后来，看书又知道杨桃具有药用，早在《本草纲目》里就记载过它。便开始把杨桃切成片泡茶，不仅觉得味道清新可口，颜色也爽目可人。只是李时珍管杨桃叫作“三棱子”，这名字太不好听。北京话中有“二愣子”“三棱子”之说，都是说这人的性格有些各色，是不那么好听的词。之所以对李时珍这个称谓有些反感，是因为杨桃无形中已经变换了形象，不仅好看、好吃，还有医疗作用的额外增值了呢。

一个普通的水果，在时光的作用下，更在心理的变动中，逐渐转换了角色一般，从毫不起眼的路人甲，即使站不到 C 位，也起码做到了主角 B。

20 世纪 80 年代初，第一次到广州，见识了很多以前没见过的热带水果，杨桃并不在其中，但是，杨桃树是第一次见到，便格外注意。夏天去，看它开花，和切成片的杨桃一样，小小的花瓣也呈五角星的样子，淡紫或玫瑰红的小花镶嵌着一圈白边，一团团簇拥在一起，觉得特别好看。冬天去，看结出果也是这样挤在一起，当啷地垂下来，觉得就像我们小时候冬天玩的一种叫作“挤狗屎”的游戏，是为了取暖，大家靠着墙角，挤成一团，真的不那么好看。

还是杨桃一颗颗捧在手心里好看，特别是那种绿中带一点点黄，或黄中泛一点点绿的，像画一样好看。可我真的看到了国画里的杨桃，那么呆板，颜色也不那么鲜灵透明。也许是我见的画杨桃的画少，至今没见过一张画得好的，都不如真的杨桃好看。都说艺术应该比现实美，但在杨桃的世界，起码绘画还没有超越杨桃自身的美。

有朋友对我的这种看法不以为然，说我是对杨桃人为拔高了，是我从童年的认知走向了另一个美化杨桃的极端。这样的批评，是有道理的，人总是在自以为是的认知中，忽左忽右，否定之肯定，肯定之否定，否定之否定……颠三倒四，而唯我独尊，以为看透了事物的本质，其实不过是唯心的一种显示而已。

有什么办法呢？如今，我确实就是这样认为的，杨桃成为我热带水果的三大爱之一（另外两爱是荔枝和莲雾）。如果到南方，见到杨桃肯定要买几个尝尝，印象最深的是那年在云南从瑞丽到腾冲，车子在高黎贡山顶休息，见一老乡卖杨桃，那杨桃个儿非常大，十元钱七个，买了好多，每人一个，美美地吃，是我吃过的最大最鲜最甜、汁水最饱满的杨桃了。

在北京，杨桃上市的时候，我也会买几个。但北京买的杨桃，总不如南方。尽管如今物流很快，但再快也需要时间，不会是树熟的。时间放久的，发蔫；太青的，发涩。我宁可买太青的，也不买太熟的。我会把它切成薄薄的片，放在开水里泡茶。如果有新鲜的金橘，就把金橘也切成薄片，一起泡茶。绿色的杨桃，黄色的金橘，在热水中翻滚，金橘如小金鱼，五角星状的杨桃，像海星。如此颜色交错，比再好的普洱或乌龙，都要好看；而且，都要好喝。这种清新的味道，是茶叶，也是水果中，难以品尝到的。

数九隆冬，白雪红炉，三五亲朋围坐，一壶杨桃茶尽饮，最是滋味无穷。

2024 年 12 月 14 日

冰啤酒和大列巴

哈尔滨的中央大街，和上海的南京路、北京的王府井，可有一拼。逛哈尔滨，中央大街是首选。

五十多年前，插队在北大荒，每次回北京探亲，必要在哈尔滨换火车，便必要去中央大街。那时候的中央大街，没有如今这样簇新堂皇和人流如织。我去中央大街，主要是找华梅西餐厅，慕名而去，开开洋荤。尽管转车时间有限，我还是跑到这里，慕名找到它。是冬天，春节之前，中央大街棱角分明的石头路上，冰雪覆盖，滑腻如蛇，不那么好走。不过，正因有冰雪，与其他城市相比，尤其与根本无冰无雪的南方城市比，方才越发显出北国特色和情调。改写已故诗人昌耀曾经写过的一句诗：没有雪的冬天，岂不是冬之赝品？冬天去哈尔滨，才是首选；去哈尔滨，去中央大街，是我的首选。

粗砺而起伏的石头铺就的街道两旁的店铺，到处是卖大列巴、红肠和啤酒的。哈尔滨曾经流传过这样的顺口溜：大列巴像锅盖，喝啤酒和驴赛。人们要扛着列巴，提着“维得罗”（俄语，小桶的意思），踏着冰雪，上街去买啤酒，那是什么样的劲头？在北京，在别的城市，可曾见到这样粗犷的街景？大列巴和冰啤酒，才真正是这座城市区别于其他城市的标志，凛冽豪爽的气派，让你一下子体会到什么叫作北方。北方的感觉，首先从大列巴和冰啤酒这样的“哼哈二将”身上，淋漓尽致地表现出来。

华梅是一家俄式的老餐厅，它的红菜汤和烤苹果以及自酿的略带酸味的红葡萄酒，都是地道的俄罗斯风味，是在别处尝不到的。但是，我还是想尝一尝华梅自己的大列巴和冰啤酒，觉得坐在这里，望着窗外的冰雪皑皑（如果适逢大雪纷飞更为绝妙），吃着大列巴，喝着冰啤酒，才最有味儿，才最相得益彰，才最北方，才最哈尔滨。

在北大荒，过年的时候，哈尔滨牌的冰啤酒，会在餐桌旁的地上和窗台上，上上下下摆满长长一溜儿，列兵排阵，仪仗队一般威风凛凛，气势豪放。带着冰碴儿的啤酒灌进肚子里，立刻火一样腾起，直冲到嗓子眼儿和脑门上面。能瞬间将冰升腾成火，那种傲世非凡的劲头儿，独属于北方，属于青春。冰啤酒管够，可惜没有大列巴。没有大列巴的北大荒，我们照样过年。没有大列巴的哈尔滨，便会像没有冰灯一样，少了过年的味道。大列巴和冰啤酒才是绝配，而非与红肠、与红酒。

所以，无论是当年青春时节，还是现在重返哈尔滨，还是想去中央大街，还是想去华梅西餐厅，还是想吃大列巴，喝冰啤酒。有了这两样东西下肚，才觉得哈尔滨是哈尔滨，今夕是今夕。一个人对一个地方的怀念，除对人与景的感觉，还有对那里独有事物的感觉。这样的感觉，融有自己青春的记忆。一个地方，能够让你有难忘的感觉，一定融有你难忘的记忆，让味蕾渗入记忆，让记忆散发味道，让逝去的岁月，一下子如水回溯，色香味俱全，翻涌而来。

哈尔滨，不是我的旅游地，而是我的青春驿站。旅游，总难免是匆匆的挂角一将，大多是萍水相逢，一次性的擦肩而过；青春驿站，却是多次的巡回往返（在北大荒只要回北京探亲，必要在哈尔滨往返换车），这是由你的命运所系，“鸡声茅店月，人迹板桥霜”，印下你生命抹不掉的痕迹，不是旅游彩照所能替代的。大列巴也好，冰啤酒也好，不过是你这样难忘记忆与所系命运醒目的外化。

如今，在北京，只要放进冰箱里，冰啤酒便在，但是，老胃不禁，不敢再喝。大列巴，难买到正宗的，我还是要从哈尔滨邮购。大列巴一到，哈尔滨便到了，青春便也在了。

2024 年 12 月 12 日

有趣的人名

我对人名的敏感，始于小学。在我读书的北京市第三中心小学，有些同学的名字，让我非常好奇，觉得起得非常新鲜、有趣。

我们班有个女同学叫麦素僧，这个名字首先引我好奇甚至不解。僧，是庙里的和尚呀，一个女孩子，为什么非要起一个和尚的名字呢？莫非她家信佛？信佛，女孩应取名为“尼”，也不该叫“僧”呀？她住草厂头条的广州会馆，广东人，长得白白净净，像个瓷娃娃。本来姓麦的人家在北京就少，还叫素僧，这个名字真的很奇特，新老师点名点到她时，都禁不住停一会儿，头从点名册中抬起来，望一望答“到”的这个女孩子。

我们班还有两个女同学，一个叫甘学莲，家住阎王庙前街的一座大四合院；一个叫孟霭云，家住南深沟路西一个独门独户的小四合院。学莲，让我想起刚刚读过的周敦颐的

《爱莲说》，觉得她父母肯定也读过，要不干吗给她取了这么个名字？一般取名叫翠莲、红莲、爱莲的女孩子多，叫学莲的，在我们小学校里，她是独一份。学莲，有了学习向往的意思，是她父母对她的一份希望。霭云，我觉得更新鲜。后来，读陶渊明诗——暧暧远人村，依依墟里烟，更觉得霭云新鲜，甚至觉得霭霭的云，比暧暧的村，要好。

还有一个女同学叫张笑嫣。名字也很特别。她和我同年级不同班，家住銮庆胡同。我起初不懂得“嫣”的意思，也没见过这个字，似是而非，只觉得有意思，与众不同。长大以后，在古书里读到“巧笑嫣然，顾盼生辉”，更觉得这个名字起得美，她的家长一定不同凡响。

我们小学校，还有一个女同学叫秦弦，比我高两年级，是我们学校少先队的大队长。我入少先队的时候，是她给我戴的红领巾。她家住在学校对面的乐家胡同里。她这个名字好记，因为容易产生和音乐相关的联想，本来没有什么意义的姓氏，便也就有了韵律，鲜活生动起来。

还有一对双胞胎，取名叫孙如果和孙如何。这姐妹俩的名字非常怪，比前面提到的几位同学的名字都怪！谁家会用“如何”“如果”这样没什么意思的现成的词，给自己的孩子起名字？我觉得她们的爹妈不是一般人，是怪人。

她们家和我同住在一条老街上。因是双胞胎，长得一模一样，走在老街上，常被人弄混。学校大概也是怕弄混，把她们两人分在不同的班。姐姐孙如果在我们班。我们班有个男同学喜欢妹妹孙如何，又不敢明说。孙家的院子很深，有前后门。放寒暑假的时候，这个同学让我陪他，从孙家院子旁边的聚丰里夹道穿过去，从孙家后院门跑进，再从前门跑出，如此跑出跑进，循环不止，像是在玩捉迷藏。其实，我们两人心里都揣着明白装糊涂，主要目的是想跑到孙如何的院子里，最好能在那里碰见孙如何，即使碰不见，我们的大呼小叫，也能让她听见，知道我的这位同学那一刻的存在。

有一点，我一直非常奇怪，孙如何和孙如果姐俩长得实在太像了，尤其又爱穿一样的衣服。我的这位同学却从来不会弄混，不知道他是怎么区分的？有什么高招？或者是有什么气场？特异功能？我曾经问过他，他只是对我笑，有点儿不可告人，有点儿神秘。

小学时代离我已经遥远有六十多个年头了。想起小学同学，很多人的名字都记不起来，唯独这几位的名字记得还那么清晰。记得2004年，为写《蓝调城南》一书，重返老街，特意去草厂头条、南深沟、阎王庙前街、銮庆胡同、乐家胡同，寻访麦素僧、孟霭云、甘学莲、张笑嫣、秦弦故地，除了广州会馆被拆，其他几个她们住过的院子，都还健在，只是人去屋空。孙如果和孙如何住的院子和聚丰里夹道，都已经拆除，找不到一点儿影子了。

有一次，小学同学聚会，我说起这几位同学名字的趣事，感慨地说：“为什么都是女同学，男同学的名字这样有趣的，怎么就没有呢？”有个同学说：“怎么没有？你的名字就是一个呢！”

倒也是，我的名字肖复兴，当时，有同学也觉得好奇，但认为是复兴中华，都觉得我爸给我起的这个名字好。读中学之后，尤其是后来的特殊年代，名字还是这个名字，意思变了，很多人知道我爸以前参加过国民党，国民党里有个复兴社，认为我这个名字有反动的意味，开始对这个名字批判。

人的名字，尤其是那些有趣的名字，里面有家庭文化的隐藏密码，也有时代变化的风云呢。

2024 年 12 月 6 日大雪

红羽毛

《我父亲的光荣》，是法国作家马塞尔·帕尼奥尔 1957 年所写的小说。我很喜欢，曾一读再读。

一本六十七年前的老书。一本很薄的小书。故事很简单：儿子跟随父亲和姨父一起到普罗旺斯的山林打猎，姨父背着一把新枪，父亲背着一把旧且破的猎枪。一直不走运而被姨父嘲笑的父亲，最终两枪连发，击中了林中最难打到的被唤作山鹑之王的两只霸鹑。如此神奇的两枪连中，而且打中的是众人梦寐以求却任谁都未能打中的山鹑之王，父亲的枪法被众人称为神奇的“国王枪法”。

这便是父亲的光荣，也是儿子对父亲重新认识的骄傲。这个简单却充满情趣的故事，后来被拍成电影，我也看过，也很喜欢。

很多故事，很多人物，很多书，之所以让你喜欢，让你难忘，常常不是缘于那些惊心动魄的命运、那些离奇诡异的情节、那些气势恢宏的大场面，抑或那些高头讲章的慷慨言说，而只是这样简单朴素，如林中泉水一样，清浅清澈，湿润透明，让喧嚣的日子、错综的生活、蛛网密织的人际关系和芜杂凌乱的心绪，就被滤得简单明了一些，还原人之初性本善的美好一面。

一对父子，就是在这样一次林中猎鸟的过程中，相互理解，将这一份简单的猎鸟成果，视为至高无上的光荣。这一份在日常生活中获取的光荣，与在战场上浴血奋战获取的光荣相比：后者特殊，是壮举，不是常态；前者朴素，在生活中时有发生。两者都是英雄，前者则如李宗盛歌里唱的："灿烂星空，谁是真的英雄，平凡的人们给我最多感动。"因为前者融入了更多亲情，是我们每个平凡人心目中的渴望，让再落叶翻飞不如意的日子，也有了些许的光泽和慰藉。

这部小说最后有这样一段描写，非常简洁，却格外精彩。是写父亲光荣猎鸟归来，这两只山鹑之王一直在父亲腰带上跳动——看，第一个细节。然后，全家大啖这两只鸟，被视为"具有历史意义的一餐"。有趣的是，曾经嘲笑过父亲的姨父，"被隐藏在肥嫩鸟屁股肉里的一颗七号铅弹硌崩了一颗'瓷牙'"——又一个细节。

两个铺垫之后，次日父亲再次出发打猎，帕尼奥尔写道："我发现父亲放弃了他那顶新鸭舌帽，换上了一顶栗色的旧毡帽……我注意到毡帽的周围有一圈饰带（鸭舌帽上却没有），他在这圈饰带里插上两根漂亮的红羽毛（山鹑之王的）。那是‘国王枪法’两发连中的象征和纪念。”

至此，父亲的光荣得到最完美的体现。让这一份心理层面上的看不见的光荣（也有几分虚荣呢），体现在看得见的这两根漂亮的红羽毛上。平常人平常生活的情趣，体现得淋漓尽致，让我们会心会意。

这样能让我们会心会意的情景，只是通过这两根漂亮的红羽毛，便让我们可感可触，摇曳生姿，一下子有了种“万古云霄一羽毛”的感觉呢，其作用就是这样重要。平常琐碎的生活中，即便曾经出现过这样的红羽毛，也容易被我们看作一地鸡毛。我们无心忽略的细节，被有心的帕尼奥尔弯腰拾了起来，并用朴素却又神奇的笔生动地写了出来。

英国学者詹姆斯·伍德在他的《小说机杼》一书中，写过这样一句话：“文学和生活的不同在于，生活混沌地充满细节而极少引导我们去注意，但文学教会我们如何留心。”

或许，这便是文学的阅读和写作，对我们不可或缺的一点作用和意义吧。尽管如今文学已经变得有些舅舅不疼姥姥不爱；读一本小书，已经不及啃一只猪蹄子津津有味，引人入胜。

2024 年 10 月 30 日

苍蝇馆

那天中午，赶上饭点儿，朋友说请我吃饭，我说别到饭店了，就近找一家苍蝇馆子吧。

我知道，成都有很多小餐馆，藏在巷子里的陋蓬茅舍，本地人称之苍蝇馆子。对比高门庭院灯火璀璨的餐馆，苍蝇馆子别看不起眼，却是成都人的至爱。他们网上投票，像选明星一般，曾经选出成都十大苍蝇馆子，很是轰动一时。

朋友带我来到倒桑树街，找一家叫“黄姐兔丁”的苍蝇小馆。倒桑树街，很好找，靠近锦江，离武侯祠不远。这是一条老街，当年街上的居民多以种桑养蚕为生。清末时，街中间一株老桑树长疯了，恣肆倾斜弯曲，犹如倒长，人们便给这条街取名为倒桑树街。

有意思的街名。有意思的店名。倒桑树街，“黄姐兔丁”，两者倒是相得益彰。有植物，有动物，还有人物，能上演一出有趣的折子戏。黄姐是主角；以前伴嫦娥的兔子，今儿改伴黄姐，不捣药，改帮黄姐打下手做菜；倒桑树便成了背景，也可以会说话，做插科打诨的丑角。还未吃饭，先预热，任你想象。

二层小楼，楼下楼上，各摆几张桌子，显得很拥挤。楼下已经客满，踩着木板楼梯上楼，颤颤悠悠，感觉摇摇欲坠似的。拣了个临窗的座位坐下，朋友点了店家的招牌菜兔丁，又要了一盘凉拌折耳根、一盘清炒豌豆苗和一份水煮鱼。

都说苍蝇馆子卫生差，这里倒是干干净净。桌椅有些黑乎乎的，菜却做得绿是汪汪的绿，白是雪雪的白，折耳根的红头儿红得娇艳。特别是那一锅水煮鱼，鱼是活鱼现杀，味道确实不错，并非北京一些川菜馆里只剩下了死辣死辣的辣味，而没有了香气撩人，就像唱歌的只会用嗓子吼，却没有了一点韵味和余音袅袅。

如今餐馆越来越讲究，私房菜，也讲究得越发高大上，精致，排场，奢华，商务范儿，米其林……自然，价格也就水涨船高。尽管中国饭菜讲究色香味，注重卖相，但是，饭菜终归是让人吃的，并不是让人看的。在我看来，成都的苍蝇小馆，做的就是地道的私房菜，最讲究的，便是浓浓的烟火气。

想起前辈作家李劼人解读川菜时，将其分为馆派、厨派和家常派三种。馆派即公馆菜，类似我们今天堂皇考究的私房菜或官府菜，食不厌精，脍不厌细，一般认为顶级。厨派即大饭馆做出的菜，为第二等级。但李劼人说："馆派是基层，厨派是中层，家常派则其峭拔之巅也。"李劼人是最懂成都的人了，他自己也开过餐馆，自然是知味之士。他道出了川菜的奥妙，也解开如今苍蝇馆子为什么成为成都人所爱之谜。那最最俗的，恰恰是在最最雅的巅峰之上一览众山小呢。

酒足饭饱菜香，一顿饭才花了几十元，可谓物美价廉。难怪苍蝇小馆是成都人心头之爱。

是十来年前的事了。想起赵雷唱过《成都》那首有名的歌，如今，在成都的街头走一走，直到所有的灯都熄灭了，走到倒桑树街的尽头，不知还能不能找到"黄姐兔丁"这个苍蝇小馆？

2024 年 11 月 2 日大雾中

小店吟

年轻时，从北大荒回到北京，待业在家，无所事事，曾经一度想开家小店。心里暗想，先开一家书店，不行的话，退而求其次，就开一家小餐馆。在我的潜意识里，店开得再小，也是有等级的，餐馆总是低于书店的，一属于物质层面，一属于精神层面，根据马斯洛的观点，二者是站在上下不同的台阶上的。这样的想法，从那时候起，一直蔓延了很久，常盘旋于脑海，幻想于未来。

早想好了，如果开一家小书店，就取名叫“复兴书屋”。曾经多次幻想，如果真的能够开成这家“复兴书屋”，会是一种什么情景呢？应该是这样子吧：哪怕只是一间窄窄的小屋，但有一种悠闲恬静，是那种只问耕耘不问收获的劲头；是那种细考虫鱼、广收草木在书中自娱自乐的情趣；是那种架插魏晋、桌摆唐宋在书中满足的惬意吧？

也这样想过，如果真的能够开成这家“复兴书屋”，就专卖作家签名本。我要搜罗古今中外的签名本，摆满书屋。即使一本也卖不出去，起码可以供人参观；即便一个人也不来看，起码可以自得其乐，相看两不厌。

当然，这需要资本，不那么简单。曾经在天津一家民营书店里，看到人家专门搜罗到世界很多国家的藏书票，真的是琳琅满目，让人艳羡。这需要钱财和人力，便不由得暗自叹气。

心想，不行就开家小餐馆。店面不要那么大，有一张桌子，几把凳子，门口能放个火炉和铁锅就行。我炒菜还可以，别的大菜不做，只做家常菜，家常菜中只做白菜一种：凉菜有凉拌白菜、芥末墩、金糕白菜丝、橘皮白菜帮、梨丝白菜心、朝鲜辣白菜；热菜有清炒白菜、酸辣白菜、醋熘白菜、虾皮白菜、鸡丝白菜、栗子白菜、酸菜粉丝、酸菜白肉、白菜豆腐汤、白菜丸子汤……一根筋，就在一棵白菜上做文章，做出百味。

这些菜表面看名目繁多，其实并不难做，一支曲子的变奏而已，我都还能够对付。有一年，我还没有结婚，去西安，在鼓楼附近，进一家小馆吃牛肉面，店不大，屋内一口大锅煮面，门口一张小桌收钱。煮面的是男主人，跑堂的是他媳妇，收钱的是年龄不大的女儿。心想，以后要是开了白菜小馆，也像这里一样，我炒菜，媳妇跑堂，女儿收银。挣不着大钱，起码一家子在一起，烟火气浓浓，其乐也融融。

想好了，小馆名字就叫“复兴菜馆”。

只可惜，流年似水，这么多年过去了，从年轻时到如今两鬓斑斑，“复兴书屋”也好，“复兴菜馆”也好，都只止步于心而没有任何行动，不觉汗颜。

有一年开春不久，从塞尔维亚到黑山，从飞机上下来，黑山共和国一位身穿皮夹克的作家，接我坐上他开的汽车，他没有直接送我到宾馆，而是拐了个弯儿，把我拉到一家小酒馆前。下了车，跟着他走进去，他告诉我这是他自己开的，然后从陈列的一排五颜六色的酒瓶前拿出一本诗集，告诉我这是他写的。我以为他要把诗集送给我，说罢，他把诗集又放回原处。我才发现，那里摆着一排书，封面五颜六色，和酒瓶相映成趣。我问他：“这些书都是你写的吗？”他摇摇头说：“不全是，很多是朋友写的。”他告诉我，那些来这里喝酒的人，也不会真的看这些书，但他们会翻翻，知道这些写书的是他的朋友，也知道了他不仅是个开酒馆的，还是个诗人！说完，他得意地笑了笑，拉着我，坐上车，开走了。

我不如他。

明人有诗：春香小店年年酒，月冷闲庭夜夜诗。他的小店开着，有酒有书也有诗，多好！

2024 年 10 月 3 日于北京

蔷薇笺

春末，去了一趟苏州，穿街走巷，在一条叫作“文衙弄”的里弄深处，找到了艺圃。这是一座明代园林，小巧玲珑，古朴幽深。进门，狭窄的甬道旁，植有一株迎客蔷薇，攀墙而立，正是花开盛时，满架粉红色的细碎花朵，在微风中如群蝶翻飞，洒下一地斑驳花荫。

簇拥到蔷薇花下照相的游人很多，凑热闹，我也挤过去，见缝插针，照了一张。白发红花，也是一番景致。

在百花群中，我喜欢这样细小的花，不大喜欢那种大朵的花，如绣球花，团团锦簇，鼓胀如乳，大得有些不真实。同样春末时开的花，牡丹和芍药，花朵也太大，一副华贵雍容的富态样子，都比不上蔷薇，小巧可爱，如一群放学后归家的小学生，拥挤着，欢笑着，跑出校门。能听见花的声音。

当然，春天这时候的木香花也小，但只有白一种颜色，赶不上蔷薇花色彩缤纷，更明亮照人。丁香花也小，但香味过于浓郁，有些呛人。蔷薇花却只有颜色养眼，没有那么香气袭人，所谓：室雅何须大，花香不在多。

我把这张艺圃蔷薇花下照的照片，微信发给一个远方的朋友，她是我童年的伙伴。在一条老街上，我们一起长大。只是岁月如流，浮生颠簸，如今人分两地，多年未见，只靠手机微信，偶有联系。

前不久，我收到她微信发来的一张照片，居然也是在艺圃，也在进门狭窄甬道那一株攀墙而立的蔷薇架下。只是春天早已过去，一架翻飞的蔷薇花，一朵不见，曾立枝头的蝴蝶，已不耐烦，早都飞走。

微信中，她告诉我：你照片中的蔷薇花已经落没了，现在，倒是绿叶茂盛。

她是特意去了一趟苏州。她住的地方离苏州不远，苏州去过多次，但从没去过艺圃。微信中，她又说：没想到，辗转在市井街巷中，竟藏着如此层出不穷的景观，差点儿就错过了。

只是蔷薇花未能看到。

她问我：你还记得咱们第一次看见蔷薇花，是什么时候吗？

我说记不得了。

她说：刚上中学初一那年的春天，在正义路，第一次看到了蔷薇花，以前，咱们谁也没见过。

正义路，离我们住家很近，那时候，过老街的北深沟胡同，穿过护城河和明城墙，就是正义路。那里有一个带状的街心公园，尽北头便是长安街。初一那年春末一个星期天的早晨，我们两人约好一起到那里温习功课，书本上跳跃着从树叶间筛下来的明媚晨光，也跳跃着喜悦的心情和懵懵懂懂的感情，我是记得的。但她说那里还有盛开的蔷薇花，我记不得了。

"怎么不记得了呢？"她说，"就在我们看书时坐的石头旁边，一丛黄色的蔷薇花，开得特别旺盛。花叶间有刺，还扎你的胳膊了呢！"

惭愧得很，我真的想不起来了，毕竟过去了六十多年。

但那一刻，正义路街心花园的蔷薇，和艺圃的蔷薇，叠印一起。暮年的蔷薇，她没赶上，已经凋落；少年的蔷薇，我忘却了，却还开放在她的记忆里。花开花落，就是人生。人生颠簸，有得有失，却在日后的某时某刻，或某处某地，总能达到平衡，或让我们会心，或让我们愧心。

2024 年 7 月 15 日

槐花笺

小时候，我们大院里，有一棵老槐树。在我们住的那条老街上，种着好多槐树。记忆中的北京城，槐树很多，几乎到处都可以碰到。槐树，曾经是北京的行道树。

读小学高年级到初中那几年，正赶上全国闹自然灾害，粮食定量，买粮食要粮票，粮食总是不够吃。各家都想办法挣点儿钱，好去黑市上换点儿粮票，或者花点儿钱买高价粮。在我们大院里，不知谁发现了，槐花可以卖钱。因为槐花晒干了，可以入药。老街的西头，有家恒记药店，东头坐落着同仁堂的制药车间，都可以收购槐花。于是，夏天槐树开花的时候，很多家的大人孩子都举着高高的竹竿，拿着麻袋，开始打槐花。

这些竹竿，是晾衣服用的，派上了新的用场，挥舞竹竿，如同舞枪弄棒，是我们小孩子最爱干的事情。院子里的那棵老槐树上的槐花，哪里经得住这么多人打？很快，就被我们连叶子都快打光了。高举竹竿打槐花的队伍，浩浩荡荡，从院里出发，到大街上，到别人家的大院里，到处寻找槐树，为此和别的院子的人没少争吵，乃至打架。

因为我家的竹竿不够长，够不着槐树高枝上的槐花，母亲用绳子替我又绑上一截竹竿。记得有一次，打槐花的时候用力过猛，绑那一截竹竿的绳子断了，竹竿落下来，正好打在邻院一个大男孩子的脑袋上。他二话没说，上来一把就把我推倒在地上，然后，不依不饶地把我装了小半麻袋的槐花都倒在地上，气哼哼地使劲儿用脚踩烂。我上前要和他打架，被院里的一个大哥哥拉住。回家的时候，他悄悄地把他麻袋里的槐花匀出一部分，装进我的麻袋里。

印象中，晒干后的一斤槐花，最多是一角多钱。但那时候一斤棒子面才要几分钱，这样一角钱，也是钱呀。因此，收购槐花的价格再便宜，也没有减少大家打槐花的热情。槐树开花的周期长，从六月能一直开到八月，正好赶上我们放暑假，便将打槐花当成热热闹闹的游戏，连玩带打，伸出竹竿，将树上的槐花打得纷纷如雨而下，落满我们的一脸、一身，是最开心的时候。

看树上的槐花和打落在地上的槐花，样子是不一样的，树上的槐花白中泛着一丝青绿，很娇艳的颜色；地上的槐花，一下变得很白，像雪花一样白。落的槐花多了，真像铺满厚厚一层的雪花。晒干后的槐花，颜色就发黄了，模样萎缩了，跟人一样，一下老了很多，远不如枝头上那一簇簇紧紧簇拥在一起的槐花那么好看、那么精神了。但就是这么不好看不精神的干槐花，居然是中药材，真不可想象，不知道它能治什么病？我病的时候，喝过的那一罐子一罐子的中药汤子里，有没有它呢？

那时候，我还有闲心这样分辨不同的槐花。有时，还会像冬日下雪天打雪仗一样，攥起一把把的槐花，扔向别的孩子的脖领子里，玩得大呼小叫。饥饿中短暂的欢乐，如同白天不懂夜晚的黑，我们不懂大人们的忧心忡忡。

在生活艰辛中找乐子，成为打槐花衍生出来的附属品。

前些天，在小区里散步，突然一阵风来，吹落了眼前一片槐花如雨，才发现这里种着一排槐树。这么多年了，天天和它们擦肩而过，居然视而不见。又有一夜雨过，这里满地槐花如雪，才发现槐花居然这样多，风吹雨打，依然能顽强不歇地开放出新花来。

没有人再来打槐花了。

2024 年 7 月 12 日雨后

苹果笺

苹果是一种古老的水果，有几千年的漫长历史。对于苹果的赞美，从古至今在绘画和文学作品中，可以找到许多。从丢勒和克拉纳赫，到欧里庇得斯、莎士比亚，一直到泰戈尔和里尔克以及普里什文，描绘苹果的油画和诗句不胜枚举。高尔斯华绥写过小说《苹果树》；蒲宁写过小说《冬苹果》；契诃夫的小说《新娘》也特意把新娘娜嘉要离家出走之地，放在家乡的苹果园中；巴乌斯托夫斯基的小说《盲厨师》中，更是将莫扎特为临终前的盲厨师演奏的场景，放在了盲厨师眼前苹果花开的四月清晨。

但是，对我来说，哪一种苹果，都赶不上我曾经见过的苹果神奇，让我终生难忘。

五十六年前，我在北大荒过第一个春节。

全部知青拥挤在知青食堂里。队里杀了一口猪，炖了一锅杀猪菜，为大家打牙祭。队上小卖部的酒，不管是白酒还是果酒，早被大家买光。

这顿年饭，热热闹闹，从中午一直吃到晚上。都是第一次离开家，心中对家的思念，便暂时被胃中的美味替代。有人喝高了，有人开始唱歌，有人开始唱戏，有人开始掉眼泪……拥挤的食堂里，声浪震天，盖过了门外的风雪呼啸。

就在这时候，菜园里的老李头扛着半拉麻袋，一身雪花推门进了食堂。老李头五十多岁，大半辈子侍弄菜地，我们队上的菜园，让他一个人侍弄得姹紫嫣红，供我们全队人一年四季吃菜。不知道他的麻袋里装的什么东西，只看老李头把麻袋一倒，满地滚的是卷心菜。望着老李头，大家面面相觑，有些莫名其妙。几个喝醉酒的知青冲老李头叫道："这时候，你弄点子洋白菜干什么用呀？倒是再整点儿酒来呀！"

老李头没有理他们的叫喊，对身边的一位知青说："你去食堂里面拿把菜刀来。"大家更奇怪了。菜刀拿来了，递在老李头手里，只见他刀起刀落，卷心菜被拦腰切成两半，从菜心里露出来一个苹果，简直就像变魔术一样，让大家惊叫起来。不一会儿的工夫，半麻袋的卷心菜里的苹果，都金蝉脱壳一般滚落出来，每桌起码有一两个苹果可吃了。在冰天雪地的北大荒，能够见到这样鲜灵灵的苹果，简直是奇迹。

可以说，苹果的横空出世，是这顿年饭的压轴戏。这是老李头的绝活儿。伏苹果挂果的季节，正是卷心菜长叶的时候。老李头把苹果放进刚刚卷心的菜心里，外面的叶子一层层陆续包裹上苹果，便成为苹果在北大荒最好的储存方式。没有冰箱的年代，老李头的土法子，算是一种发明呢。

1978 年高考，考中央戏剧学院，复试的写作，我写的题目是《卷心菜里的红苹果》。卷心菜里的红苹果，助力我考上了戏剧学院。

2024 年 10 月 18 日改毕于北京

辑七

阿维尼翁邂逅

夏天的阿维尼翁，处处跳跃着金色的阳光，几乎没有一处阴影。即使是橄榄树下，从枝叶间筛下的阳光变成了绿色，依然明亮得照眼。

微不足道

近些年来，深秋时节，我几乎每年都到潭柘寺，看那两株千年银杏。有一对母女，听她们说，也几乎是年年都会来这里看这两株老银杏。今年，我们才偶然相逢。茫茫人海中，素不相识的人，擦肩而过的居多，能够拥有一份“相逢何必曾相识”的感觉，算是缘分。

满北京城，银杏的灿烂金黄，让萧瑟的秋天打了鸡血似的亢奋起来，人们到处寻找银杏打卡地，纷纷拥来，拍照，发朋友圈。香山的红叶，已为旧景，遍布京城内外的银杏，遮蔽了它。北京的银杏，以我看来，潭柘寺的无疑拔得头筹。因为哪里的银杏也赶不上它们年头久，枝叶蔽天，满树金黄的叶子，如同老天爷特意打碎金子的碎片，肆意漫天挥洒在人们的头顶。

这样的想法，这一对母女也点头认同。

这一对母女，坐在天王殿后身，画两株银杏树的水彩画。那里离银杏树有一段距离，可以画树高大参天的全景。女儿画的是两株银杏和银杏树中间隐约可见的大雄宝殿，以及殿前影影绰绰拾级而上的红男绿女。母亲画的是东侧的一株银杏，被称为“帝王树”，最为粗壮，树龄已有一千四百年。有意思的是，母亲特意画了满地的落叶如金，以及踩在落叶上争先恐后拍照点彩式的朦胧人影。

我就是在这里结识的这一对母女。母亲六十上下，女儿三十多岁。我站在她们身后看她们画画，看了很久，慢慢搭上了话。

我知道了，前几年，一场意外的车祸，父亲丧生，女儿残了半条腿。对于一个家庭，这样灾难的打击，可想而知。想象不出母亲是怎样的坚强，才能拉扯起因车祸又雪上加霜失恋的女儿，面对现实的残酷。

她对我说，就是从那以后，每年秋天，她都带着女儿到潭柘寺来画画，画这两株银杏。她说：“我们两口子都是中学的美术老师，没别的本事，只会画画，而且，画了一辈子也没画出什么名堂。女儿从小跟我们学画，也没画出名堂，初中毕业，连美院附中也没有考上。”

母亲让女儿重新拿起画笔，带着她到北京各处画画，每年秋天，必要到潭柘寺画银杏，觉得还是这里的银杏最好。潭柘寺的这两株千年银杏，成为神祇一般的存在，如同伸出两只温暖而有力的臂膀，搀扶着她们相依为命，度过最灰暗惨淡的日子。这样的心思，居然在这一对母女之间达成共识和共鸣并坚持了数年，让我感到有些不可思议。画画，居然能让她们母女相互慰藉和自我救赎吗？

母亲对我讲了劳特累克。我知道这位法国画家，也是意外让他十四岁双腿瘫痪，也是从那时候开始学画画，帮助他度过了那段艰难的日子，日后还成为有名的画家。

“我并没有奢望让孩子也像劳特累克一样成为画家，我只是希望能用画画帮助孩子度过这段日子。”每一个孩子都有属于自己的喜好，这样的喜好就像小鸟藏在林子里，可以飞走，也可以飞回来，帮助你。

母亲便搀扶着女儿来到潭柘寺。大自然，对人有一种特异功能，可以抚慰你的创伤，滋润你的心灵。

面对这两株千年银杏，人真的是非常渺小的。我们谁能活到这样大的岁数？只要想到我们自己的渺小，人生中出现的那些磨难，即使再痛苦不堪，其实也都是微不足道的。谁不渺小？谁没有一点儿磨难？“我对女儿说：‘你看这银杏树，够灿烂的吧？那么多人围着它们照啊照的，照不完地拍照，它们的叶子不也会落下来，被人们踩在脚下？怎么样呢？它们就不活了吗？即使一树的叶子都落光了，它们明年开春不是照样长叶，到了秋天照样一片金黄，让人们跑到这里拍照？’”

我称赞她：“您简直是哲学家了！”

母亲笑笑，摆摆手说："这是最微不足道的道理。"

女儿坐在一旁，也笑笑，没有说话。

一阵风吹，眼前银杏叶如一片金雨纷纷翻飞而落。树下拍照的人们仰头惊叫了起来。潭柘寺的钟声幽幽飘来。

2024 年 11 月 13 日北京细雨中

水晶般的元旦

那年秋天，我在北大荒，第一次当老师。小学校在生产队，一座破旧的茅草房，分为两间教室，都是复式班，分别是低年级和高年级的学生。学校就俩老师，一个校长，一个我。所谓复式班，就是几个年级的学生混合在一起上课，常常按下葫芦起了瓢，热闹成一锅粥。老师全能，什么课都得教。校长教低年级，我教高年级。

很快就到了年底，元旦就要到了。想起我在北京上学的时候，无论小学，还是中学，每年学校都要组织一场新年联欢会。看看眼前这帮农村孩子，贫苦中长大，从来没有走出过农场，更从来没有开过新年联欢会。但总应该有点儿迎接新年的活动吧。我第一次当老师，心气很高，特别想让这帮孩子能有个第一次迎接新年的感觉。便想辙，最后心血来潮，想在学校门前的小操场上，用水浇一个小小的冰场。

我问同学们："知道滑冰吗？"他们虽然从来没见过冰

场，但知道滑冰，在农场边的七星河上，坐过冰爬犁，更打过出溜儿，但得是结冰的七星河。

我对他们说："新年就要到了，咱们今年迎接新年，滑冰玩好不好？"

大家齐声说"好"之后，问我："是到七星河滑冰吗？"

我说："七星河多远，就在咱们学校门前！"

他们问："可哪有冰啊？"

"咱们用水浇一个冰场！"

知青食堂后面有一口井，我和同学们可以从那里打水。那里离学校很近，几步远的道。同学们一听，兴奋异常！元旦这天一清早，我们高年级班上二十多个同学，从家里拿出了水桶，纷纷跑到学校集合。我领着这帮同学，齐刷刷地走到知青食堂后面的井口前。井的四周结了厚厚的冰，井口被冰堆得像火山口一样，很滑，但这帮孩子都有过帮助家里打水的经验，他们摇着辘轳把，把装满水的水桶从井里摇上来，提到校门前，像模像样，比我干得还要熟练，还要起劲儿。

校门前，我和校长早用冻土块围成一个长方形，半个篮球场大小，足够这帮孩子在上面折腾了。看着同学们大呼小叫地把一桶桶井水浇在这里面，很多低年级的孩子也跑过来凑热闹。不少知青和当地的老乡，听说我们异想天开要浇冰场，也跑过来帮忙到井边打水。从井边到学校，大人小孩，一个紧挨着一个，串起了糖葫芦串一样，浩浩荡荡，热热闹闹。

北大荒的冬天比北京冷得多，不大会儿的工夫，一桶桶的井水，落在地上，就结成了冰，冰场就浇成了，比我想象的快得多。虽然只是薄薄的一层冰，也是冰场呀，是我们自己浇成的冰场呀，是生产队有史以来的第一个冰场呀！

我和校长都很兴奋。同学们更是兴奋，他们有的拿来了自制的冰刀，就是在木板下面绑了两根粗铁丝；没有家伙什的同学，就在冰上疯跑，打打闹闹，大呼大叫，不是老太太钻被窝滑倒，就是大马趴摔倒……小小的冰场挤成了一锅粥。不少家里的狗也跑过来，在冰场外面，跟着孩子一起兴奋地汪汪叫着。大人们围在一旁，看这帮孩子在冰上嬉戏打闹，偏远荒寂的生产队，从来没有度过这样一个欢快的元旦。

虽然天很冷，风很凛冽，上午的阳光却很灿烂，洒在冰面上，反射着亮晶晶的光，小小的冰场，像一个小小的水晶的世界。这个元旦也是一个水晶的元旦。

一眨眼，五十四年过去了。又一个新年来到了。我教的那帮学生，今年也都六十多岁了，希望他们都还记得那个水晶一般的新年第一天。

2024 年 12 月 16 日

叶圣陶和牵牛花

收到老友叶小沫的新书《我的爷爷叶圣陶》。今年是叶圣陶先生诞辰 130 周年，这本书是最好的纪念。书很厚，写得朴实、翔实而感情饱满。其中有一篇《爷爷和牵牛花》，非常有意思。

叶圣陶先生一生热爱花草树木，对牵牛花情有独钟。1931 年，他写过一则散文《牵牛花》，近百年来为多家选本所青睐。六十一年前的夏天，我第一次走进叶家小院，便曾见过满墙的爬山虎下面，那一丛丛盛开的牵牛花。

小沫写爷爷从年轻在上海，到晚年住北京东四八条，一直热衷种牵牛花，水泥地上不易种，便种在瓦盆中，可谓花开花落不间断。

文中写到这样两桩事，最是难忘。

一是，“20 世纪 50 年代末到 60 年代初那三年困难时期，家家都缺粮和菜，八条院子里的方砖全被刨开，松土种上了蔬菜，以解蔬菜的供应不足，没有了种牵牛花的地方”。这是叶圣陶一生中唯一与牵牛花暌别的几年。花的历史，折射人生，更映彻时代。不禁想起此后几年，儿子叶至善、孙子叶永和、孙女叶小沫几人，分别去了河南干校、陕西农村和北大荒农场，家中剩下孤独的两位老人。如此天遥地远的长别离，再想曾经一样别离的牵牛花，可谓人与花的命运一样凄迷。再大的文人，可以灿烂如花，亦可凋零如花。

另一是“文革”那几年里，爷爷什么工作也没有了，真的是有闲心种花了。于是，情有独钟的牵牛花，又开始随心所欲地绽放，而且，比以前开得更加旺盛，因为“朋友们知道爷爷喜欢牵牛花，凡是看到好的品种，就会想办法帮他搞到种子。一时间，八条的牵牛花竟不下七八种，颜色有白的、浅粉的、粉红的、紫红的、紫的、浅蓝的、深蓝的……小的如小碗的口，大的如大碗的口……”可谓原来姹紫嫣红开遍，似这般都付与断井颓垣！小院里，小小的牵牛花盛开在“什么工作也没有”的荒诞年月里，再想想三年困难时期小院里没有一朵牵牛花，过于醒目的对比中，反讽意味双重浓郁。

更有意思的是，在这样荒诞的年月里，叶圣陶先生与老友俞平伯、贾祖璋两位先生的通信中，对牵牛花的频繁谈论，成为诗书往来的重要内容。不仅涉及牵牛花的前世今生的历史梳理与科学探究，还求到梅兰芳家中牵牛花的珍贵种子。俞平伯特意将压制好的牵牛花的干花寄给叶圣陶，“爷爷每次都珍惜地把干花贴在当天的日记中”……

叶圣陶先生将这段经历谓之“暮年上娱”。小沫文中说：“这其中种牵牛花、交流牵牛花的乐趣，也是两位老人的暮年上娱之一吧。”叶圣陶先生“上娱”这个词用得真好，小沫的“之一”用得也好。我读后心中却是滋味别具。在那个年代里，别的事情做不了，何以解忧，唯有牵牛。想叶圣陶先生心里所念的“上娱”，只能是小沫所说的“之一”吧。这当然是乱世中叶圣陶先生旷达精神和恬淡心情的显示，但恐怕也属解嘲之意，是娱在心中，苦亦在心中，却只能说“娱”且是“上娱”。花开的艳丽，对应着人生的荒芜，却只能说花且是“绯华”（俞平伯赠叶圣陶诗句“赠我绯华多惓惓，惭将小草伴伊开”）。

古人说：石不可言，花能解语。对于著作等身的前辈作家，小小的牵牛花只是叶圣陶先生丰富一生的一个细节，却几乎串联起叶圣陶先生的一生。一生与花木如此密切相连、难解难分，人生中少见。从来文不以长短论短长，斧头虽小，能砍断大树。小沫以小博大，以小小的牵牛花，让我看到一代文豪在时代变迁中的内心一隅。

2024 年 11 月 25 日北京冬雨后

三厂小镇

暮春时分，木香将落，蔷薇盛开，驱车去南通海门的常乐镇，参谒张謇祠堂。这里离张謇出生的故地很近，当年张謇故去时，当地百姓十万余人，自觉为其扬幡送殡。在祠堂后面新建的纪念馆里，看到当年拍摄的老照片，场面壮观感人，禁不住想起臧克家写过的诗句：他活着为了多数人更好地活着的人，群众把他抬举得很高，很高。

作为我国轻工业的奠基人，在清末民初，张謇创办的实业颇多，贡献瞩目。1895 年，他便在南通创办了第一家棉纺厂，叫作大生纱厂，以后在家乡，陆续开办了八家棉纺厂，经过十年的努力，大生厂成为全国最大的纺织企业。这样的创举，不仅解决了当地农民转型就业的问题，更重要的是发展了我国的民族轻工业，让附近的农村转型步入城市化和现代化的进程之中。

开车带我参观祠堂的司机，见我对张謇开办的棉纺厂感兴趣，指着展馆里棉纺厂的钟楼老照片，对我说：“这钟楼还在，离这里不远，待会儿，我开车带你去看看。”

说是不远，车子也开了半个小时，在一座小镇宽阔的街道上停下来。下车一看，一座西式钟楼赫然在目。整齐的灰砖三层，簇新如昨，直指蓝天。每层有一圈红砖镶嵌勾边，四面钟也各有一圈红砖镶嵌，钟表停摆，时针指向当年，让遥远的时光定格。

拱形券式的大门，也是红砖砌成，门楣上的厂标——“大生弟三纺织公司”，颜体大字，浑然而清晰，只是不知为什么将“第三”的“第”字写成了“弟”。也许，古时“弟”“第”两字通用。状元出身翰林院修撰的张謇，应该不会搞错。

铁栅栏门紧闭，无法进去，趴在栏杆前往里面看，通往工厂车间的长长甬道旁静悄悄，空无一人，两排香樟树枝叶茂密，绿荫葱茏，大概是后来种的，树都不算粗。甬道的尽头，阔大的白色影壁上，红色的标语依稀可见，自然更是近些年的痕迹。雪泥鸿爪，百年时光如水，波光粼粼荡漾在这里。

司机告诉我，里面的车间等老房旧物还在，在等待着研究，看看以后开发派作什么用场。

这时候，走过来一位老人，我走上前去，询问老人家棉纺厂的历史变迁。他指着大门上的厂标告诉我：“我们都叫它三厂。”这称呼，显得亲切，仿佛在叫一个人的小名。然后，他指着门前的道路，对我说："原来这里有一条河，河上有桥，得过桥到三厂上班。"地理的变化，常是历史变迁的外化，让看不见的时光变得看得见，也让历史潜入书页之中，只待亲身经历者的指认方可读懂。

最后，老人指着大门对我说："我奶奶当年就在这里上班。"话里带有几分沧桑，也带有几分骄傲。

我问他："您今年多大年纪了？"

"八十四了！"他伸出手指，冲我比画着。

"真看不出来。"我夸赞着，他拱手笑着健步离去。

司机对我说："我妈妈也是在这里上班的。"然后，他又补充说："这里好多人家几代都曾经在这里上班的。原来，这里是一片农田，建了三厂，村里的农民，好多都到这里当了工人。"

上车离开三厂，车子快要驶出小镇，我才忽然想起问司机："这个镇子叫什么名字？"

他告诉我："叫三厂。"

三厂！这个名字起得真好，朴素，好记，透着当地人对这个棉纺厂的感情，也透着对张謇的感情。它让曾经的一片农田，变成了一座现代化的小镇。这个钟楼，成为三厂小镇的地标。世上的小镇很多，哪个小镇，有这样融有历史、融有人物又融有感情的名字？

2024 年 4 月 26 日记于海门

香港点滴

香港，我只去过两次。一次是二十多年前，一次是十多年前。虽然，很多香港耳熟能详的地方，诸如维多利亚港湾、金紫荆广场、太平山顶、红磡体育馆、海洋公园、旺角、兰桂坊……都曾经去过或路过，却都是走马观花，只留下喧嚣热闹的印象。

印象深的，是那些老街，店铺鳞次栉比，有的店小，又紧紧挤在一起，如同北京卖的茯苓夹饼。广告牌如林密集，似乎倒悬在人们的头顶；夜晚的霓虹灯，闪烁着迷离而湿漉漉的光。潮湿的地面，拥挤的街道，街角的公共电话、冷饮车，人来人往，摩肩接踵，短裤、赤脚，听不懂的方言，随热风一起弥漫。一股股南国气息，不同于北方，甚至也不同于广州的气息，夹杂着市井喧嚣和海的气味，以及不知何处飘来的多汁植物的气味，扑面而来。

北京也有这样人流如织的热闹街市，如大栅栏、王府井，但没有这样湿漉漉的气息，即使是在下雨的天气里。当然，这和香港是个被海包围的港口有关。但我说的这种气息，并不只来自维多利亚港湾，或九龙湾、浅水湾，更多是翻涌在香港这些人流密集而拥挤的街道。起码对于我感觉是这样，因为在这里多了人气，既有香港的，也有全国各地甚至来自世界很多地方的人气。

很多这样的街道，我都记不住它们的名字，记住的只是这样的气息。有一天晚上，我独自走在一条老街上，漫无目的地漫游，这里离市中心很远，人不多，难得的清静。天忽然下起雨来，夏天的雨，来得猛，下得大，地面上立刻蒸腾起浓烈的潮气，一股浓烈的湿漉漉的气息，涨潮一般涌来。街上，立刻没有了什么人。但一家挨着一家的小店还在营业，店铺前没有什么霓虹灯，店铺里的灯光也不亮，在雨雾中闪闪烁烁，远处看，像扑闪着一只只萤火虫。我没有带伞，赶紧跑进一家店铺里躲雨。店主人是位阿婆，她说着我听不大懂的粤语，我说着她也听不大懂的北京话，在似是而非驴唇不对马嘴的交谈中，最后，我们只是相互笑笑。笑，便成了不用翻译彼此都能懂得的最好语言。她一直笑着望着我，一直到雨停，送我离开。离开后，我后悔都没有看清楚店里卖的是什么，当时只顾着望门外的雨。不管卖什么，我应该买点儿什么才是。

有一个地方的名字记得，叫鲗鱼涌。之所以记得，是因为我几十年的老朋友，香港作家陶然，他的家和工作的地方，曾经在这里。每一次他写给我信封上的地址，都是鲗鱼涌这个名字，到现在我也不知道鲗鱼是一种什么鱼。但是，走到鲗鱼涌这个地方，莫名其妙地让我感到亲切。想起他五十年前从北京投奔姐姐，第一次到鲗鱼涌的情景，应该和我第一次来到这里有些相似。他曾经写过这里的有轨电车，当年叮叮当当从街当中穿过。在北京，有轨电车只在我儿时见过，如今见到，亲切感夹杂着对朋友的怀念。有轨电车叮叮当当的响声，似乎和以前一样，但车身上五彩缤纷的广告，大概是今日才有的风景。记得说起鲗鱼涌，就会说起这里的有轨电车，陶然曾经这样说过："电车依旧从东到西，再从西到东，不紧不慢，贯穿香港岛，静静笑看风云。"

还有一个地方的名字也记得，叫湾仔。那里有一株石榴树，长在石墙缝隙里。这让我有些少见多怪，北京有句民谣：天棚鱼缸石榴树，先生肥狗胖丫头。北京的四合院里，讲究种石榴树，但都是种在地上或花盆里，从来没见过种在墙缝里面的。香港寸土寸金，香港也气候湿润，适于花草树木生长，在石头墙缝里，石榴树也能开花结果，四季常绿。我见到这株石榴树时，已经风吹花落，却是飘时犹自舞，扫后更闻香。

2024 年 9 月 3 日于北京

阿维尼翁邂逅

夏天的阿维尼翁，处处跳跃着金色的阳光，几乎没有一处阴影。即使是橄榄树下，从枝叶间筛下的阳光变成了绿色，依然明亮得照眼。有人说阿维尼翁古语是大风的意思，阿维尼翁叫作风城，其实应该叫阳光城才是。

阿维尼翁不大，沿着碧绿犹如翡翠的罗讷河，远远地就能够看到教皇宫金色的天使尖顶在阳光下闪亮。著名的圣贝内泽断桥，在河中央舒展着挺拔的腰身和倒影，古老的民歌《在阿维尼翁桥上》，唱的就是它，比我们西湖上唱白娘子和许仙的断桥，要宽得多，块头儿也大得多，东西方对于桥的审美标准不一样。

这是一座中世纪建造起来的古城，几百年来的风霜雨雪、战火屠戮，居然没有把它毁坏，一脚踏进去，还像踏进古老的岁月里一样。悠长的小巷、沧桑的老墙、摆满鲜花的阳台、钟声回荡的教堂……似乎仍然定格在古罗马时期，让人感慨再强悍的时光，也抵挡不住石头垒起的古城的力量。

如今的阿维尼翁，被联合国定为世界文化遗产。这里有意思的是老楼有许多色彩斑斓的假窗，上面画满了推窗而望的各色人等，艳丽的色彩和夸张的表情，仿佛和游人招手相呼，逗着闷子，充满俏皮的现代气息，成为阿维尼翁独特的一景，仿佛是为每年盛夏七月在这里举办的戏剧节搭制的舞台布景。

过教皇宫，往山顶走的路上，迎面撇着腿走来一位“卓别林”，戴着大礼帽，穿着大皮鞋，嘴上一点仁丹胡，仿佛刚刚从台上或银幕上走下来。我要上前和他照相，他笑笑摆摆手，说肚子饿了，先要去吃东西，待会儿见！待会儿见，我也笑了，说得街里街坊的，很有人情味，但阿维尼翁虽说不大，待会儿到哪儿见？望着他撇着腿，身影消失在人群中，心想，他说的是客气话，还是戏里面的台词？早听说阿维尼翁历来喜爱艺术，钟情戏剧，一年一度的戏剧节，来自世界各地的剧团，有专业的，也有业余的，到这里演出，满城都是舞台，盛况空前。

也许，如我一样慕名而来的匆匆过客，路过此地，挂角一将，阿维尼翁早都见多不怪，而如刚才见到的“卓别林”这样的艺人，也只是戏剧节的业余客串，甚至是我们这里惯常见到的一种旅游项目而已。感到新奇的，只是我们游人，恍惚之间有种现实与历史、生活和艺术交错的感觉。斑驳的城墙、巍峨的教堂、磨凹的石阶、光滑的鹅卵石小径，还有那些各色假窗，让眼前的喧嚣、咖啡飘逸的香味和我们光怪陆离的感觉，不动声色地与历史产生了交融又间离的效果。

爬上山顶，别有洞天，格外幽静，绿树如盖，花草繁盛，脚下的罗讷河、圣贝内泽断桥在眼前一览无余，正午灿烂的阳光下，映照得水光粼粼，安静而温顺得犹如一匹孔雀蓝的丝绸。

从山上下来，教皇宫前是一片开阔的广场，广场一侧是阿维尼翁最大的剧院，广场对面是阿维尼翁音乐学校。如今的阿维尼翁，确实艺术氛围很浓，这要归功于一个叫维拉尔的法国导演，是他在 1947 年创办了阿维尼翁戏剧节，每年 7 月整整一个月的时间，有来自世界各地的剧团云集这里，演出精彩纷呈的各种各样的戏剧。演出有专业和业余之分，专业的需要报名，业余的则不需要报名，你来了就行，撂场子就可以演。阿维尼翁所有的教堂、修道院、体育场、学校，乃至一切能够挤出来的空地，都要搭建起舞台，大大小小，林林总总，让那些戏剧爱好者一显身手，让同样来自世界各地的观众一饱眼福。咫尺之内，必有芳草，清歌俗曲，雅韵狂舞，争奇斗艳，一个月下来，要有几百场演出，天天要热闹到通宵达旦，真正是让戏剧走进民间，实现了古希腊和古罗马时代人人参与的戏剧理想。满城好戏连台，在普罗旺斯的熏风之下，在古城月影花影之中，葡萄美酒，俊男靓女，看不尽的南北东西和悲欢离合，燃烧起阿维尼翁最火爆的仲夏夜之梦。

这个广场就是业余演员最好的舞台。广场旁的古剧场就是专业剧团的主会场。两厢打擂，并行不悖，花开两枝，各有各的人缘。想世界最大的露天舞台，这里应该算是一个了吧？有 14 世纪的教堂，有沧桑的古城墙，有带花的假窗做背景，有罗马时的明月和星盏做灯光，还有满城敲响的钟声做音响，世界上还有这样韵味十足的剧场吗？

我来到广场的时候，这里围满了一圈观众，好戏已经上演了。挤进人群一看，是一个小丑在表演杂耍，口中念念有词，不时逗得观众哈哈大笑。他的身后，靠近教皇宫墙下，有一间黑色和金色相间塑料布搭制的简易小棚，是放道具和换衣服的场所。我想从那里过去，在他的身后照张相，连他和观众都照上。谁知刚刚穿过他的小棚，他背后长着眼，就被他发现了。他正在耍着两把尖刀，立刻转身大步流星向我奔来，伸手做出一个劈刺的夸张动作，我回敬他一个中国功夫动作，骑马蹲裆，挥臂挡刀。顿时，全场爆笑。我也笑了，他也笑了，我这才看出来，就是我刚才见过的“卓别林”。

2024 年岁末写毕于北京

借伞四折

《借伞》是我国老戏《白蛇传》中著名的一折，即使不是戏迷，众人也耳熟能详。当年，梅尚程荀四大名旦都曾演出过这出名戏，历来久演不衰。近年来，张火丁、史依弘的演出，票价不菲，依然观众如云。

白娘子游西湖，蛇心未泯，拨云弄雨，引出许仙怜香惜玉，出手借伞给白娘子。属于爱情前戏，没话找话，没事找事，白氏挑逗，许生接招，于无中而生有，两人由此结缘。一折老戏，百年常演常新，足见民间传说衍化为经典的魅力。

不过，再如何常演常新，糖吃多了，也容易不甜。近日，闲来无事，信笔涂鸦，我画了四张“借伞”小画，是突发奇想，如果我当导演，旧戏新编，玩四折新“借伞”，或许有点儿意思。

一折是隔代借伞。许仙依旧是许仙，一身老行套，蓝色长衫，厚底高靴，白面书生，咿呀小生。但是，白娘子已经不是原来的白娘子，而是穿越千年，变身当代时髦女郎，一袭紫色旗袍，高跟鞋，大长腿，细脖颈，袅袅婷婷，风情万种。借伞的角色，也调换了，不再是许仙借伞给白娘子，而是伞落在白娘子手中，需要许仙向白娘子伸手借伞。本来属于许先生的道具伞，已经易手他人，躬身向白小姐借伞，总比男的主动借伞给女的，要多费些周折。俗话说得好：女追男，隔层纱；男追女，隔堵墙。更何况，一口之乎者也的古代男人，追求现代女郎，不仅爱情价值观和思维系统不一致，语言系统也要经过一番转换呢。起码得将原来的老戏词改改，看看能不能打动如今在相亲市场身经百战眼光挑剔的女郎。

二折是武将借伞。许仙不再是小生，而换成武将。白娘子依旧是当代女郎，不过是大学生模样，衣着没那么性感，矜持有度。武将向大学生借伞，属于战争年代里“革命加爱情”的模式。武将和大学生相遇在战场内或外，一见钟情，立刻翻身下马，没有那么多巧舌如簧的唱词，只是激动地跑一个圆场，立即下跪，一把抓住伞柄，直言借伞，坦率表白。面对这样突兀的举动，看大学生做何反应，是干脆一口拒绝，还是立刻以身相许，还是虚与委蛇巧以迂回后翩然而去？战场上，正是风雨骤起，马蹄声碎。戏码由此生发，比老戏中的借伞要复杂得多、有意思多了。

三折是无雨借伞。雨住天晴，一身紧身衣装的现代女郎，正收伞准备四处闲逛。一个古装人走来，却不是风流倜傥的许仙，而是假扮的许仙，想以此身份，旧地重游，旧友重逢一般，扑向白小姐搭讪，纯属招摇撞骗。白小姐如白娘子一样见多识广，一眼洞穿是个猥琐男，不是盏省油灯。白小姐准备和他逗逗闷子，看看他有什么招法。这是《拾玉镯》的类似演法。或是真的男的不坏女的不爱呢，也不是没这个可能。也或许真的碰上个有钱有势的富二代或官二代，可以试着和他玩玩。反正雨不下了，正是西湖二月天，草青柳绿，闲着也是闲着。

四折是沙滩借伞。西湖畔，改在大海边。许仙还是许仙，白娘子已经变身比基尼女郎，手持一柄天蓝色大伞，向许仙款款走来。天上并没有雨，伞为遮阳。许仙躬身唱个大喏，编好了一长串不嫌肉麻的酸词，先夸白小姐肤白貌美大长腿，再示爱诸如百年修得同船渡，心生喜欢、一眼千年之类，新词旧词混搭乱炖在一起，热气腾腾端将上来。口中念念有词，眼睛却像蚊子一样紧盯在白小姐的大长腿上，全然忘记了前来借伞的由头。这是一出丑角的独角戏，因为全场只有他一个人连唱带说地忙乎，白小姐只是打着伞站着，只要展示好身材即可。

四折新编《借伞》，不知诸君喜欢哪一折？

2024 年 9 月 25 日秋雨后

辑八 书边草

他说得极好，巴乌斯托夫斯基的书，对于我，就是召来逝去的时光，充满感情的存在。

孙犁和日记

孙犁先生自己不写日记，但对日记颇感兴趣，阅读颇多，购买清末民初的日记文本亦颇多。他曾夫子自道："我一生无耐心耐力，没有养成记日记的良好习惯，甚以为憾事。自从读了鲁迅日记以后，对日记发生了兴趣，先后买了不少这方面的书。"道出了对日记兴趣的由来。他确实曾经一发而不可收，购买的日记委实不少。他自己说"六十年代初期，我曾向各地古旧书店，函购书籍，索阅书目"，其中购买日记，不遗余力。1962 年，为买《曾文正公手书日记》四函四十册，还必须由中国作家协会开具证明，"此盖内部掌握之书也"。足见其对日记的兴趣之浓郁。

《秀露集》，是孙犁先生"文革"后复出出版的第二本书。书中文章写于 20 世纪 70 年代末和 80 年代初。书中有一篇《耕堂读书记（二）》，专门谈日记，可详见孙犁先生对日记这一文体的种种见解。

谈及日记体的历史，他言简意赅地说："日记这一形式，古已有之，然保存至今者寥寥，每种篇幅，亦甚单薄。至晚清，始有大部头日记，最煊赫者为《越缦堂日记》。"

谈及大人物和小人物的日记，他比较了曾国藩的《曾文正公手书日记》和曾氏幕僚赵烈文的《能静居士日记》，指出曾氏名重，日记却"无甚可观"，然赵烈文的日记"攻破南京时在场，所记甚为详细真实，是日记中的佳品"。他进一步指出："小人物的日记，比起大人物的日记，可看的东西就多了。这是因为小人物忌讳较少，也想存些史实，传名后世。"当然，赵烈文这样的小人物，是对比曾国藩这样的大人物而言，真正的小人物，其实是很少甚至根本不记日记的。

对大人物的日记，孙犁先生针对翁同龢的《翁文恭公日记》，进一步指出，这位两朝帝师、身居高位的大人物，"又值国家动乱多变之秋，他的日记部头又如此之庞大，我买来时，是抱有很大希望的，而且逐年逐日读下去，乃至终卷，失望得很"。因为这部煌煌四十卷的日记，所记的不过是买字帖、买字画、替皇帝跑腿办事等琐碎之事，"对于政局的矛盾、困难，他自己的遭逢感受，也不记载"。孙犁先生指出："从如此大人物的日记里，看不出时代的、政治的波浪起伏。"最后，孙犁先生幽默一笔，说翁同龢的"行书小字，写得实在漂亮，读着空洞无物的日记，欣赏流畅秀美的书法，也算是收之桑榆吧"。

关于学者文人的日记，孙犁先生更多有旁涉。读叶昌炽的《缘督庐日记钞》，叶是金石家，研究石刻经幢的有名学者。在这部两函十六册的日记里，一半篇幅记的是购买经幢、考订经幢的专业研究，“但内容也是叫我失望的”。因为“他也经历了清末民初的政治变革，但所记亦寥寥。如庚子事变，八国联军进京，他是目击者，所记一般，无可采择，甚为可惜”。所谓无人处读经，有心者读日记，所感不同，所得不同。

对于清末李慈铭和王闿运两大文人的日记，孙犁先生读后，也是失望的。在论及王闿运的《湘绮楼日记》时，他说：“其内容以读书记为最有价值。”其余“所记多为闾巷之事，饾饤之学，治学亦不及越缦堂之有统系”。最后，他指出王闿运“为晚清诗文大作家，并经历过同、光以来国家政治变动，然从他的日记，实难看到重要史实”。同时指出其日记“涂抹太多，阅读不便”。所谓涂抹，其实是事后的涂改与掩饰，涂改于现实，掩饰于内心。从这两位清末大文人的日记看，和曾国藩、翁同龢的日记一样，文人和官人，殊路同归，在日记的书写方面，所见略同，所记相近，既不从实，亦难从心。

可以看出，孙犁先生读日记，更看重日记中所记载的时代变迁，尤其是政治动荡变革的真实信息。这样的阅读心理与期待，当然和孙犁先生自己刚刚经历了“文革”动荡的历史变革期密切相关；也可以看出孙犁先生不是那种退避隐身的文人，而是关心世事直面人生的作家。所以，在这篇读书记中，他独对《林则徐日记》有所赞赏，言其“文字简洁，记事真切，尚有可观”。

那么，不仅大人物，即便文人学者的日记，为什么都会出现回避现实、对变革时代的记录寥寥的状况呢？孙犁先生对此也做出了简短的剖析：“日记，按道理讲，最能保存时代生活真貌，及作者真实情感。然泛览古人日记，实与此道相违。这是因为，人们虽然都知道日记对历史人生，有其特殊功能；但是，人们也都知道，这种文字，以其是直接的记录，亲身的记载，带着个人感情，亦最易招惹是非，成为灾祸根源。古今抄家，最注意者即为日记与书信。”

这话说得真是一针见血，古今概莫能外，让人记日记时已经寒蝉在心，下笔自然先径自或迂回或规避或省略或索性滴水不沾了，更有甚者，便仅仅成为琐事备忘录、日子的流水账而已。所以，孙犁先生说：“记事者一怕触犯朝廷，二怕得罪私人。古人谈日记之戒，甚至说：‘无事只记阴晴风雨。’如果是这样，日记只能成为气象记录。”

孙犁先生还特别指出文人书生的日记特点：“凡是书生，当政治处于新旧交替转折之时，容易向往新者。而本身脆弱，当旧势力抬头，则易于馁败，陷于矛盾。古今如此。”这里的“书生”，便是鲁迅先生当年讽刺过的，在时局动荡中的“翻筋头”者，可谓“古今如此”，一脉相承，并无代沟。

孙犁先生在这里所说的“新者”和“旧势力”，颇值得思索玩味。这话说得既有刚粉碎“四人帮”时切身的感慨，又有未尽之意的弦外之音。因为趋时跟风追新者，文人的鼻子最灵，易显媚态；而面对旧势力抬头时，文人又骨头易软，易显跪态；自古至今，如此者，不乏其人，如果文字留在日记中，最见其魂其态。

如今的散文创作，文体日渐萎缩逼仄，且虚张声势的矫饰者甚多，很少能见有真正日记的性情书写（或有而难以面世）。或许真如孙犁先生所言，日记，这一特殊文体，更易见文人书生的性情性格：软弱、动摇。一些文人便自惭形秽，退而避之，免得露怯；或化妆上阵，转而攀附散文花丛，不过是借水行船，并非真正的日记。在这里，可见孙犁先生识人论事之心，亦可见孙犁先生自己为文为人之道。显然，这已经超出日记之论的范畴。

一篇读书记，且是四十余年前并不长的旧文，却可以让人读出这样多的知识、道道与象外之意。如今，这样的文章，真的少见了。

谨以此小文纪念孙犁先生逝世 22 周年。

2024 年 7 月 11 日于北京

今宵应解说伊人——重读门罗

好多年前，孩子在美国读博，读到加拿大女作家门罗的小说，向我推荐。那时候，她还没有得诺贝尔文学奖，我国尚少有她的作品翻译。孩子便特意翻译了门罗的一篇短篇小说《儿戏》给我，读完之后，陷入沉思，很是佩服。门罗以童年一次游泳的意外作为切入点，步步紧逼，深入人性的深处，进行解剖式的追问与省思。前两年，看到王小帅导演的获奖电影《地久天长》，里面明显有门罗这篇小说的影子。门罗这样的小说，和我们不少只有生活表层的泡沫、没有人性幽暗深处探寻的小说，拉开了距离。如今，淡如白水却以悲剧或色彩装点涂饰的小说太多。

我对门罗很感兴趣，很喜欢读她的小说。门罗获得诺贝尔文学奖之后，我国以极快的速度几乎翻译出版了她全部的小说。尽管萝卜快了不洗泥，不少译文粗糙，还是满足了我的需求。她的《忘情》《脸》《逃离》《纯属虚构》等好多小说，让我爱不释手，曾经大段大段抄录。

《纯属虚构》，是她晚年写的一篇短篇小说，情节简单明了：因伊迪的加入，音乐教师乔伊丝和木匠乔恩离婚。多年之后，乔伊丝再婚，在丈夫六十五岁生日聚会中见到一个黑衣女子克里斯蒂，是位刚刚出版了第一本书的新锐作家。几天后，乔伊丝买到这本书，读到其中一篇名为《亡儿之歌》的小说，看出了克里斯蒂是自己曾经教过的学生，也是前夫所娶妻子伊迪的女儿。当年，自己利用了克里斯蒂对自己天真无邪的爱，编造谎言刺探她的母亲和自己丈夫的相恋之情。

和《儿戏》一样，门罗将故事上溯到童年，只不过这一次是成人对童年的伤害，伤痕慢慢长大，从童年咬噬到成年。依旧将人性中的恶之花绽放无余，亦即门罗所强调的小说“日常的不幸”的意义所在。

这是这篇小说的骨架。门罗的小说，骨架不是其下力的地方，她一般爱将琐碎的事情、细节和心情，穿插、交错、颠倒在这样线性的时间顺序里。这是门罗的叙事策略。她有意将骨架打碎，将时间打乱，将情节淡化，将艺术化的故事还原为生活常态。这和我们的小说叙事策略不大相同，我们的小说，一般更注重情节和故事本身，尤其受影视影响，情节成为构成并进入小说的不二法门。读我们的小说，一般比较好读，因为有情节为主线牵引，会如一道水流沿河道流淌而来，顺风顺水，不会出现太多阅读障碍。

《脸》也是一篇短篇小说，与《儿戏》《纯属虚构》一样，依旧将故事上溯到童年，这是门罗不少小说愿意选择的切入点：主人公是两个不到八岁的小孩，一个是小男孩“我”，一个是比“我”小半岁的小女孩南希。小说里有这样一个重要的情节，写一场儿童游戏：“我”的脸上有块猪肝一样紫色的胎记，南希为了表示对“我”的友好和喜爱，想和“我”的脸一样，便用红油漆把自己的脸涂红了。小孩子的心理，在这样的游戏中表现得最正常不过。不过，这只是出于南希自己的感情和心愿，完全是孩子气天真的表示，却是一厢情愿。作为脸上有胎记、曾经受到很多人嘲弄的“我”的心理，和南希大不一样。当南希转过脸来对“我”兴奋地说：“现在我和你一样了！”“她的声音里充满满足感，仿佛达成了她毕生的心愿似的。”“我”的反应却是觉得她是在嘲笑“我”。这样的反应结果，作为一个小男孩，肯定会发生一系列激烈的连锁反应。这是小说情节发展的爆发点，却不是高潮，更不是结束。

多年以后，父亲故去，“我”重回故乡，料理完葬礼后，打算卖掉这里的房子，从此和故乡告别。母亲告诉“我”这样一件事情：那年，“我”离开家乡之后不久，南希竟然用剃须刀片割破自己的脸颊，让她的脸颊上留下一块和“我”一样真正的红疤痕。这是油漆涂脸的升级版，由游戏到真实，残酷而惊心。小说在此之后，在门罗反复的自思与咏叹中，其中有母亲和“我”这样的对话，让我难忘。母亲说：“这么深的感情，小孩子居然有。”“我”说：“长大就没有了。”两句话，相隔童年和成年，蔓延出人生两个时期的残酷对比，真的是直戳人心！

最后，“我”没有卖掉家乡的房子。

《忘情》写得别开生面，表面写的是一个小镇图书管理员的爱情故事，因经历了第一次世界大战和西班牙流感的双重冲击，命运变得起伏动荡、令人唏嘘，便不是单薄爱情所能包裹得住的了。其中人生的无常和人情的细微、矛盾与周折，以及对记忆的反复咀嚼和纠缠，被门罗写得叹息沉重中又委婉蕴藉。特别在三年新冠疫情磨折之中，重读这篇小说，感慨尤深。在如今这个依旧动荡的世界，三年的苦役过去了，战争的硝烟依然弥漫，我们的小说对现实有意或曲意地规避，便多是风花雪月，少有这样忘情而动情之作。

小说的最后一节名为“殉道者”。女主人公路易莎从小镇去城里看病，在公园的悼念殉道者的活动中，竟然看到发言者有着和早已经故去的杰克（她曾经的恋人）一样的名字。也许是重名？当她离开公园，来到车站，准备乘车返回小镇时，那个杰克追赶过来，说一眼就认出她来，便和她交谈起小镇曾经的往事。当一支身着黑衣的殉道者的队伍走过来，那个杰克加入了殉道者的队伍，椅子上又坐着一个黑衣人，递给她一块糖，薄荷味的。这时候，“街灯亮了，木椅上方的树上挂着彩灯，河上一船又一船的歌手……”在这样似真似幻、扑朔迷离的描写中，小说结束。这个结尾常让我想起，如忧伤的音乐潆洄不止，让我感慨，感慨文学，感慨人生，感慨现实，感慨回忆。

有人说门罗的写作风格像契诃夫，我没有读出契诃夫的味儿。门罗的小说，一辈子写小镇生活、小镇人物，大多是短篇小说，写得都太长（在我们这里一般会繁衍成一部长篇小说），都有着一定的时间跨度；而且，情节和叙述都很绕，不是那种单纯的线性展开，一般需要至少读两遍，只有读到结尾回过头来再读一遍时，才会发现第一遍读到的那些不起眼、不经意的事情和细节，是那样不可或缺，是那样如水回环连成一体的气脉贯通。

门罗谈小说创作时说：“那部小说，总有比你上回看到的更多的东西。并且它有着强烈的自我意识，建构于它自我的需要，而不仅仅是为你提供庇护所或解闷。写出具有这般特质的小说，连续不断又独特自洽，是我一直希望的。”这是门罗的艺术追求，也应该是我的向往。

今天早晨，听到门罗逝世的消息，她九十二岁，算喜丧。我喜欢读她的小说，重读她的作品，就是对她最好的怀念。想起以往不止一遍重读她小说时的一些零碎的感想，碎碎念吧，表达同样作为写作者对她的一点敬意和怀念。文章的题目，是想起了明人徐渭的一联诗“若使吹箫人尚在，今宵应解说伊人”，与本文，与门罗，似乎正相适配。

2024 年 5 月 15 日于北京

谁能召来逝去的时光

忽然想起巴乌斯托夫斯基。他是苏联的一位作家，我非常喜欢他的作品。最早知道他，是 20 世纪 70 年代初，1970 年或是 1971 年的冬天，“文革”尚未结束，“四人帮”还在肆虐，文化凋零一片，找书非常不容易。那时，我在北大荒，回京探亲，一位吉林插队的朋友借给我一本《巴乌斯托夫斯基选集》，人民文学出版社 1957 年出版的旧书，应该是上下两卷，我手里的只是下卷。一见钟情一般，我一下子不可救药地喜欢上了这本书，记住了巴乌斯托夫斯基这个名字，觉得他的写法和我国作家不同，和我以前读过的俄罗斯作家契诃夫、屠格涅夫、托尔斯泰，也不相同，便如同走在幽暗的深林，突然发现了一泓明亮而微波荡漾的湖泊一样，令我心醉神迷。

当时，我二十岁出头，正是对书如饥似渴的年龄。我全文抄录过这本书中的《雨蒙蒙的早晨》《雪》《盲厨师》和

《夜行的驿车》。原是想到千里相逢终有一别，最后是要还书的，就再也无法看到了，才抄书的。但是，抄完之后，还是舍不得还，就悄悄地“昧”下了这本书，带回北大荒。好心的朋友知道我是真心喜欢，也宽容地没再索回这本书。

一晃，五十多年已过，青春时节读书的情景，那么清晰，让人怀念。这五十年来，尽管也读了不少其他中外作家的作品，但经常读的还是巴乌斯托夫斯基，从来没有一位作家陪伴我这么久的时间，中途也曾移情别恋，最终还是喜欢巴乌斯托夫斯基，觉得初恋最难忘、最无法割舍吧。

在这五十年中，轰动一时的《金蔷薇》，人民文学出版社再版的《巴乌斯托夫斯基选集》，河北教育出版社出版的《一生的故事》六卷，我都立刻购买了。我买了在我国出版的他的几乎全部译作。至今放在床头的是《巴乌斯托夫斯基选集》下卷和《一生的故事》前两卷。

如今，我依然可以完整地讲述《雪》《盲厨师》《雨蒙蒙的早晨》。其中《雪》写一个海军中尉战后归家的故事。他回家之前，父亲已经去世了，他写给父亲的信，被来自莫斯科的一位女钢琴家拆开看了，为躲避空袭，她正租住在他家。在这封信中，他诉说了自己离家这些年对家的想念，他渴望回到家时，门前小径的雪已经清扫干净，坏掉的门铃重新响起来，那架老钢琴被调试好了音，钢琴上依旧摆着原来的琴谱《黑桃皇后》序曲，烛台上插着他从莫斯科买来的黄蜡烛，他洗脸时还能用那个蓝色罐子装水，用那条印着绿色橡树叶的亚麻布手巾擦脸……

雪后一个下午，海军中尉回到了家。他所看到的一切，正是写给父亲的信中自己所渴望的一切，丝毫不差。此时他已经知道了，寄给父亲这封信之前，父亲已经去世。所有这一切，都是女钢琴家精心为他做的。

这是一个书写战争的故事，却没有正面写战争的炮火硝烟，而是写人们对和平以及和平之后美好生活的渴望与想象。战争让人们失去了很多，也让人渴望更多；战争撕裂了一部分人与人的关系，也合并同类项一般，让另一部分人，即同样饱受战争苦难的人，即使是陌生的人，能够走近彼此，互相慰藉。海军中尉看到这一切时，和我一样感动。在和女钢琴家告别的时候，女钢琴家对海军中尉说："我好像在哪里见过你。"中尉说："我也有这种感觉，可是我不记得了。"然后，女钢琴家送中尉到火车站，把自己的双手伸向他，对他说："给我来信，我们现在差不多成亲戚了，是不是？"中尉没有说什么，只是点点头。

当时读到这里，我曾想，如果就在这里结尾，不是很好吗？充满了未了的情怀和缠绵的余味。

但是，巴乌斯托夫斯基没有在这里收尾，他紧接着还写了一段文字。几天后，女钢琴家收到中尉写给她的一封信，信中表达了对她的感谢，还讲了这样一件事：战前在克里米亚一座公园梧桐树掩映的小径上，他曾经看到手里举着一本打开的书的年轻姑娘，从自己身边轻快而迅速地走过。中尉在信里说："那个姑娘就是你，我不会弄错的。""从那以后，我就一直爱着克里米亚，还爱着那条小径，在那里我只见了你短短一瞬间，以后就永远失去了你。但是，人生是对我仁慈的，我又见到了你！"

小说到这里收尾，也挺好的呀。将过去和现在进行了衔接，人生之巧合，让失之交臂的人又重新相遇。但是，巴乌斯托夫斯基不愿意用这样落入俗套的巧合结尾，他还是希望能够如生活中发生的事情一样，在平易和平常中发现诗意。他让女钢琴家看完信后喃喃自语："我的天呀，我从来没有去过克里米亚呀！但是，这又有什么呢，难道真的把真情告诉他，让他失望，也让我失望吗？"这样的收尾，让人意外。它留给我回味的余地更为宽阔。它让我感受到人与人之间感情的美好与微妙。

小说名为"雪"，但对雪着墨不多。雪的出场，都是在关键时刻，一次是女钢琴家看到中尉写给父亲的那封信的时候，"雪在窗玻璃上映照着暗淡的光……一只鸟从树上飞开的时候，从树干上带下一点雪。雪如白色的细粉飘扬下来，把窗户蒙上一层白霜"。一次是女钢琴家读完中尉写给她的信之后，她"用朦胧的眼睛属望着窗外白雪掩盖的花园"。"窗外的夕阳闪着惨淡的光辉，不知怎的，阳光总也不消失。”巴乌斯托夫斯基没有刻意以雪象征什么或说明什么，却让细碎的雪花和雪后的阳光带给我们一种美好纯净的意境。这种意境，在收尾的时候，只是蜻蜓点水，一笔带过，却浓淡适宜，恰到好处，让我经年难忘。

在《一生的故事》第一卷中，有一节《圣斯拉夫大街》。在基辅的这条古老的大街上，有一个流浪乐手和他的女儿丽莎，靠拉琴和用一只鹦鹉给人算命，卖艺为生。这一节，写少年巴乌斯托夫斯基和这位贫穷乐师女儿丽莎之间的友情，有这样两段，写得格外动人，也让我久久难忘。

一段是他借书给丽莎看。他病了，丽莎好几天没有见到他，着急了，贸然登门还书，让妈妈第一次碰见了她。妈妈反感她，担心儿子受到不良的影响，为此，和爸爸争执起来。争执过后，妈妈听从了爸爸的意见，对丽莎的态度好转。怎么写这个好转？是最见功夫之处。巴乌斯托夫斯基写了这样两件小事：

一件是巴乌斯托夫斯基病好以后，妈妈拿出一本马克·吐温的《王子与贫儿》，让巴乌斯托夫斯基给丽莎送去；于是，“我也用不着偷偷地从餐柜橱里拿糖或花生去喂那只几乎快瞎了的鹦鹉了”。

一件是当妈妈知道鹦鹉死了，流浪乐手和丽莎再无法卖艺为生，她立刻叫上巴乌斯托夫斯基，一起去买了一只新鹦鹉，给他们送去。这一段描写最出色。他先写“我”因买到鹦鹉激动，不小心被鹦鹉咬了手，咬到骨头上，“但我几乎没有觉得疼”。接着写妈妈要跟“我”一起去给流浪乐手送鹦鹉，走之前，妈妈去换衣服。“为了到衣衫褴褛的人们那儿去，还要换衣服，我为此感到很不好意思，但是我什么也没敢对她说。”紧接着，他写道：

> 几分钟后，她出来了。她穿一件胳膊肘打了补丁的旧连衣裙，头上包了头巾。这一次她手上甚至没有戴那副雅致的细羊皮手套。连鞋子也换了一双后跟已经磨歪的。

全部都是我们中国式的白描，将一个善良又善解人意的妈妈的形象，极其干净利落鲜明地勾勒出来了，没有多余的一句话，却让人感动。

另一段写巴乌斯托夫斯基和丽莎分手。警察比城管要厉害，无情驱赶走流浪乐师和丽莎的前一天夜晚，他们请他吃了一顿晚饭，只有寒酸的黑面包、烤番茄，和几块用粉红纸包着的不干净的硬糖。他很晚才告辞，丽莎一直送他到家门口。这一段送别，有这样两大段描写，特别让我难忘。

一段写景——

> 高空中第一颗星星亮起来了。秋天的华丽的花

园默默地等待着夜晚，它们知道，星星是一定会落到地上的，花园将用自己像吊床一样的浓密的叶丛接住这些星星，然后再那样小心翼翼地把它们放在地上，城里谁也不会因此惊醒，甚至都不会知道这样的事情。

这一段景色描写，具有童话般的美。“花园将用自己像吊床一样的浓密的叶丛接住这些星星”，我从来没有见过对于夜色和星星像这样奇特的想象和美妙的描写。这样描写，不是我们所说的那种惯常的以景来衬托心情，而是将景融化在巴乌斯托夫斯基全部的情感和文字当中，成为“我”和丽莎之外另一个不能剔除的重要角色。

另一段是写心情——

丽莎把我送到家，分手时塞给我一块用粉红纸包着的黏糊糊的糖果，就很快跑下了楼梯。我好久下不了决心去拉门铃，害怕因为回来得太晚而挨骂。

孩子之间纯真的友情，被他写得多么温馨而曼妙、纯净而透明。他总是能在最琐碎平常的小事和景物里，发现人心与人性深处最细微最动人之处。

我喜欢巴乌斯托夫斯基这样的文笔，这样的文笔牵动着他真挚的情感，生动地描画出他笔下的人物，让他的作品带有四月丁香一般的浓郁诗意，即使在战争、贫苦和疾病的磨折之下，这种渗透进骨子里的诗意，也从未在他的作品中消失。这是我们的作品中少有的，尽管我们是拥有着唐诗宋词的泱泱大国，但这样诗的传统，演绎在我们后来的小说中，仅仅成为定场诗。正是弥漫在巴乌斯托夫斯基作品中的这样一点，深深而持久地感动着我。

记得邵燕祥在世的时候，难得有一次和他谈起俄罗斯文学，我对他说自己很喜欢巴乌斯托夫斯基，问他对巴的认知和理解，向他请教俄罗斯文学对中国文学尤其对他们这一代作家的影响。燕祥学问深厚，对同代作家有着惊人警醒的认知，见解不凡，明心见性。谈到巴乌斯托夫斯基时，他告诉我巴一战时当过卫生员，属于历史问题不清吧，所以，十月革命之后，他一直远离政治旋涡。但他的作品文学性、艺术性、抒情性很强，属于文学史上少不了他，但又上不了头条的作家。然后，他打了个比喻："有点儿像咱们这儿的汪曾祺。就像林斤澜说他自己和汪曾祺是拼盘，不是人家桌上的主菜。"这个比喻，说得真是精到而别致，意味无穷。

前几天，到四川开会，遇到俄罗斯文学翻译家刘文飞先生，提及巴乌斯托夫斯基，特意向他请教。他说他们正在重新编写俄罗斯文学简史，将巴乌斯托夫斯基单列一章，这部书稿发给俄罗斯的同行看，俄罗斯人看后很惊讶，因为以前文学史只是把他放在一节里，他们认为巴乌斯托夫斯基是优秀的作家，但不是超一流的作家，还不够格放在单独一章去论述的位置。刘文飞又告诉我，如果当年不是阴差阳错，那一年的诺贝尔文学奖，应该是授予巴乌斯托夫斯基，而不是肖洛霍夫。那一年，肖洛霍夫并没有作品，《静静的顿河》是40年代写就的。

如今重读巴乌斯托夫斯基的作品，五十年的岁月如水，匆匆流逝远去。在这五十年的岁月里，有巴乌斯托夫斯基的书和他的身影相伴相随，影响着我的写作、感情和心情，以及对文学的认知和向往。记得美国作家乔·昆南在《大书特书》一书中谈他的读书经历时说："二十一岁以后买的每一本书，只要我真心喜欢，都会保留。它们是我的情书。书作为实体物品，对我有重要意义，因为它们是召来逝去的时光，因为它们是充满感情的存在。"他说得极好，巴乌斯托夫斯基的书，对于我，就是召来逝去的时光，充满感情的存在。

2023年1月17日写于北京

2024年4月16日改毕于四川归来

书边草（一）

一

读是枝裕和的随笔集《有如走路的速度》，特别注意到他提出“琐碎的日常”“失去的日常”“非日常”这样三个观点，像三块浮出水面的礁石，锐利地刺向当今文学写作浮躁的世界。

他说，对于写作，“琐碎的日常”是必需的，就是要“挖掘脚下微不足道却更柔软的事物”。这一观点，和孙犁先生所言“最好多写人不经心的小事，避去人所共知的大事”，是一致的。缺少了这样微不足道和人不经心的琐碎日常，无论电影，还是文学，是枝说“就不够充实，就会失败”。

他说：“失去的日常就会变得粗糙潦草，这是不行的。说到底，电影就是要对日常生活进行丰富的描述，并且把它真实地传达给观众。”他说的是电影，说文学是一样的。

关于“非日常”，他做过一档选秀的电视节目，但他心里很明确：“重心并非表现选秀成败这种非日常的事件，而是音乐如何融入他们的生活这种‘日常’视角。”

这三个观点，我这样理解：第一，“琐碎的日常”，是日常的核心；第二，“失去的日常”，也就没有了文学写作；第三，“非日常”，是常会步入的写作的沼泽。前两点，关乎写作的理念和追求；最后一点，关乎写作的定力，能否不被权势和资本诱惑，去躬身迎合，自觉不自觉地为“非日常”编织花环，以“非日常”的泥沼为席梦思软床。

二

汪曾祺写过一篇散文《闹市闲民》。1990 年的作品，这一年，他七十岁，写的是一位比他年长八岁的中学退休工人的日常散淡生活。

开端第一段，这样写道：“我每天在西四倒 101 路公共汽车回甘家口。直对 101 站牌有一户人家。一间屋，一个老人。天天见面，很熟了。有时车老不来，老人就搬出一个马扎儿来：‘车还得会子，坐会儿。’”

汪先生坐在马扎儿上，所有这位闹市闲民的生活，都是坐在马扎儿上聊出来的。

这是一位作家的姿态。

写作的姿态，来自生活和内心，互为镜像。这不是照相时抢占C位的摆拍。我一直认为，文学这东西，最初或最后，是那些心想事不成的人，写给那些同样心想事不成的人的。心想事成者，如果还能写出好的作品，起码得像汪先生这样把姿态放低。心想事成如托尔斯泰这样的贵族，也一样是把姿态放低的，不能只端坐在摆满座签、茶杯和鲜花的主席台上。

坐在马路牙子上的马扎儿上。不是每位写作者都能做到的，尤其是已经心想事成者。

三

如今，我们翻译的热情很高，翻译的速度极快，翻译的人才众多，甚至出现拥堵塞车状况。尤其是对于国外那些热门作家，无论新旧，译本常不嫌其多，乱花迷眼，让人无从下笊篱。

作为读者，需要眼明心亮，不是所有的译者，都是傅雷那样可以称之为的翻译家。

阿赫玛托娃的诗，译本便很多。试举一例，是她的《海滨公园的小路渐渐变暗》中的一句。

一位译者这样翻译：

清淡的月光像雪花的星星，
就在我的头顶上飞跑。

另一位译者这样翻译：

轻盈的月亮在我们头上渐次飞旋，
宛如缀满雪花的星辰。

我不懂俄文，但看明白了，月、雪、星，是这句诗的重点词语，将三者融合为一，构成诗的意象。哪个翻译更准确、更好，自然仁者见仁智者见智。我不知道谁更准确，只从自己的感觉，以为后者译得更好些。“轻盈”对比“清淡”，“飞旋”对比“飞跑”，似乎更有味道。“像雪花的星星”与“宛如缀满雪花的星辰”对比，似乎直白了点儿，像是直译。

有意思的是，后者是翻译新手，前者是翻译名家。

四

已故北大教授吴小如先生，生前谈到读书，颇看重“对读”之法。我很是信服，实践而受益。

近读《百年百首童诗》，人民邮电出版社出版的一本新书，收录了百年以来的一百首儿童诗。其中有一首《我是一滴雨点》，很短，十三句：

我是一滴雨点，
落在树枝上，
树叶绿了；
落在花苞上，
花开了；
落在地上，
钻出一棵小草；
落在水中，
溅起一朵浪花；
落在妈妈脸上，
是一滴喜泪；
落在爸爸掌上，
是一颗明珠。

立刻想起同样写雨的儿童诗，我曾经抄录过，赶紧找出来，按照吴小如先生的法子，对读一下。是台湾诗人林良写的一首《雨》，更短，只有八句：

你在天井里赌气，
把盆盆桶桶
桶桶盆盆
敲得很响。
在前院，
你心情好，
静静把那片草地
洗得很绿。

哪首更好，更生动，更有童趣，更干净爽快、朗朗上口呢？

自己说了不算，我将这两首诗读给孩子听，听他们的反应，和我的想法大致相同。前一首，前陈述，后升华；后一首，前描写，后心情。雨的心情，带动读者的心情。

五

华南师范大学袁国兴教授写过一本《非文本中心叙事——京剧的“述演”研究》。这是十一年前出版的一本学术旧书，所读人不多，自然重视不够。在我有限的阅读范围里，如此专门论述京剧艺术发展的书，未曾多见。

其中一章《被纵容的趣味》，便很有趣。这种趣味，他指的是“京剧更接近于诗而疏远于小说”。我是格外赞同的。他举例如《贵妃醉酒》《天女散花》，在别处很难成戏，《挑滑车》《灞桥挑袍》也不够有戏，却成为京剧久演不衰的经典。这和钱穆先生所说的京剧里“锣鼓点里的诗意”，是一致的。

我想起曾经看过的京剧折子戏《秋江》，真是叹为观止。为追人而急水行舟，舞台上，并没有水，也没有船（如今有时多了背景幕布中的水，真是多余），靠的只是锣鼓点中艄公和陈妙常的身段，浪中颠簸，将场景和心情，一并展现，是话剧难以做到的。舞台，被水蔓延而无限延展，如同当年看宽银幕立体电影，仿佛被水淋漓打湿一般。

后来，看了全本的《玉簪记》，《秋江》被镶嵌在全剧情节发展的一节中，相反倒没有最初看折子戏时那种感觉了。是情节冲刷甚至淹没集中在江上这一节载歌载舞情景交融的精彩。这便是袁教授说的“京剧更接近于诗”的缘故吧？也是钱穆先生说的“锣鼓点里的诗意”吧？

艺术的最高境界，就是诗。

六

在所罗门·沃尔科夫的《布罗茨基谈话录》一书中，布罗茨基强调："浓缩的原则，一个非常重要的原则。倘若你开始用类似浓缩的方式写作，全都一样，不管你愿意不愿意，写得都很短。"

布罗茨基进一步一言以蔽之："纯文学的实质就是短诗。我们大家都知道，现代人所谓的 attention span（意为一个人能够集中注意力于某事的时间）都极为短暂。"

我极其赞同他说的这一写作原则。

如今，处于资讯焦虑与生活快节奏簇拥裹挟下的大多数读者，已经没有足够的耐心读长篇巨制。特别是由于手机阅读功能的便捷与扩大，越来越多的人获取知识和信息的渠道已经从纸质书中转移到手机上。曾经有人对这种现象不满，以为是文学乃至文字的沦落。我却没有这样悲观，任何科技的发展，都会有失有得，但最终会带动文明的发展。手机的发展，生活节奏的变化，必定带来阅读心理和阅读形式的变化，进而带动文学的变化。布罗茨基所强调的浓缩的原则，纯文学短诗的实质，正是这种变化的预言或者先兆。连篇累牍的大部头，必然会受到严重的冲击。起码，像普鲁斯特《追忆似水年华》、托尔斯泰《战争与和平》、雨果《悲惨世界》这样的大部头，如今很少见有人"重蹈覆辙"。我心里一直自以为是地觉得，唯长是尊的长篇小说这一样式，得大变一下了，最起码该收敛一下，减减肥了。

不管别人怎么认为，我赞同布罗茨基的说法。我要努力做的，就是尽量写短，写短；做减法，不做加法。

2024年元旦改毕于北京

书边草（二）

一

重读沈从文《边城》。书前有他 1934 年写的一则题记，里面有这样一段话：“至于文艺爱好者呢，或是大学生，或是中学生，分布于国内人口较密的都市中，常常很诚实天真的把一部分极可宝贵的时间，来阅读国内新近出版的文学书籍。他们为一些理论家，批评家，聪明出版家，以及习惯于说谎造谣的文坛消息家，同力协作造成一种习气所控制，所支配……”

整整九十年过去了，文坛的这种习气，似乎依然如故。沈从文说的“文坛消息家”一词，却很新鲜，如今似乎没有这个词，或者说不用这个词了。但是，一些理论家、批评家、聪明出版家，都还健在，这几个词，延续至今，依然在用。

沈从文所说的能够控制、支配文坛的这种习气，九十年过去，似乎没有什么花样翻新的太大变化，依旧是这些能够控制、支配文坛的大佬，和聪明出版家联手，为“国内新近出版的文学书籍”站台。不过，如同老酒古法酿造，自有古法的道理，尤其如今新书泛滥，鱼龙混杂，想让自认为的好书不被淹没，请这些人友情出演，吆喝几声，是可以理解，也是必须的。

问题是，这种经年不变的习气中，哪些是好的，哪些是不好的？近年来，新书发布会、研讨会越来越呈上升趋势，多如过江之鲫，其中孰好孰劣，哪本书真好，哪本书真不怎么样，已经如真假王麻子刀剪一样，让读者乱花迷眼，莫衷一是。

有意思的是，在文坛新书出版这样的供需关系中，聪明出版家或许因出版社不同，需要经常变脸，理论家和批评家却是很少变化的。如果有心人将某一品种的新书发布会、研讨会，这一年出席的名单列将出来，会看到总是那老几位。这自然没有什么好奇怪的，姜是老的辣。

问题是，谁是沈从文说的那种“文坛消息家”？自然，如今，沈从文讥讽的“习惯于说谎造谣的文坛消息家”并不多见，甚至可以说绝无仅有。但是，拿着一本书，对着镜头，说几句不疼不痒的过年话，一本正经的空洞话，甚至拔苗助长的捧场话，却是屡见不鲜。无疑，这些便都是聪明出版家请来的“文坛消息家”。至于为什么要不惜重金（有的也无非是仨瓜俩枣而已）请来“文坛消息家”，大概也不仅是为了卖书，更不仅仅是为了“很诚实天真”的读者，只有他们自己心知肚明了。

当然，如今更有视频带货的主播，以及网络上雇来鼓吹的枪手，这样的新一代的“文坛消息家”，大概沈从文未曾见过，想都没想过。

二

孙犁晚年曾说：“我就爱读‘繁复’的史书。”

1988 年，他写过一篇《读〈旧唐书〉记》，共十节的长文，其中第三节《郭子仪》，写自己以前读《资治通鉴》时，牢记于心的郭子仪三件事；读《旧唐书》，这三件事全部得到验证，言司马光写《资治通鉴》时是如何重视《旧唐书》中的材料，亦即《旧唐书》写得不错。

这三件事中，第一件最有意思。写郭子仪和日后官居相位的卢杞之间的关系：“郭子仪平日见客，姬妾环侍，从不避讳。‘及闻杞至，悉令屏去，独隐几以待之。杞去，家人问其故。仪曰：杞形陋而心险，左右见之必笑。若此人得权，即吾族无类矣。’”

《读〈旧唐书〉记》第四节，即写到读《旧唐书》中的《卢杞传》，传中写卢杞“貌陋而色如蓝，人皆鬼视之”。下面写他“既居相位，忌能妒贤，迎吠阴害，小不附者，必致之于死”。果然是“形陋而心险”。果然是得罪了他“吾族无类矣”。

“郭子仪的功业大得很，我不知为什么单单记住了这样三件小事。其他谋略争战，都忘记无遗。”回答这个问题时，孙犁说：“要把一个历史人物写活，缺少这种具体事件，即细节，是做不到的。这种具体事件，联系着当时的社会、政治。联系着所写人物的生活、思想、性格、心理，以及他周围的人事。写这样一位大人物，如果像写帝王本纪一样，逐年记下他的攻城略地，斩获俘虏，成为一本功业账簿，那就太没意思了。”

这便牵扯到文章的作法了。如今，不少报告文学，或称为的非虚构文学，所写的大多也倒不是帝王本纪，却不少是帝王本纪史诗的写法，和粉碎“四人帮”时报告文学的时事性、批判性和文学性，不能同日而语。因为，我们在这样的篇章中，看到所写的大小人物，多不是这样的些微小事，而多是谋略争战，攻城略地，成为一本本大小功业账簿的陈列。遗憾的是，孙犁先生曾经叹曰“那就太没意思了”的这些宏伟篇章，如今的作者、论者，甚至孙犁先生曾经说过的被有些人唬住的“书盲”类读者，并没有觉得“太没意思了”，反倒觉得乃至赞曰太有意思了。

三

如今，解说古诗，流行为一门显学。尤其对唐宋两代的杜甫与苏轼的解读，连篇累牍，旁征博引，杂说纷纭，厚厚大书，不止一本。

重读冯至的《杜甫传》。虽是 1962 年旧作，已过去了六十二年，却依然觉得是言说杜甫最好、最简捷，也最让人信服之作。

《杜甫传》共有十三节，第十节《再度流亡》中，写了这样一段在四川梓州杜甫和章彝的交往。章彝时任梓州刺史兼东川留后。也就是说，章彝是掌管此一方的最高长官，杜甫是沦落此地的流亡诗人。在如此地位不对等的人物关系中，书写这一段不同寻常的经历，是小说和戏剧的写法，却不做材料的铺陈，没有学问的卖弄，避去煽情的演绎。区区几百字，立论明晰，写得干净利落，如刀削斧凿的雕刻，将这段流亡中杜甫的形象和心理与心情，凸显得可触可摸。

冯至写道：“杜甫在这时期内，衣食无着，生计完全依靠那些‘边头公卿’。这些使君、县令只知道杜甫能诗能文，懂得一些药理，用到他时，便‘肥肉大酒’相邀，酒肉之外，并没有真挚的情谊。梓州为东川节度使治所，自从成都事变后，地位更为重要，无论进京或入蜀，都成为官吏们往来的要道。那些地方官常常设宴迎送，杜甫也陪居末座，写了许多陪宴和送别的诗，这些诗多半是应酬的作品，粗浅无味，与前边提到的那些政治诗又成为一个对照。这正是他的最伤心处，他又和在长安时一样，自称‘贱子’，诗题中‘陪’字也一再出现了。”

只有两百余字，却将地理（梓州为要道）、历史（过去在长安）、当时的背景（成都事变后）、杜甫的现状、当地官员的需求，以及杜甫“最伤心”的心理和心情，一一勾勒出来。简笔，却是信笔，关键是没有过度的解读，留白给读者。

这一切只是老戏里主角出场后的开场白，接着，才引出另一个主角章彝的出场。冯至写杜甫“得助最多而最须小心侍奉的是章彝”“杜甫不得不陪他宴会，陪他迎送客人，陪他游山寺，陪他打猎……”一组蒙太奇。最后，他引杜甫的这几句诗做总结性的旁白：“我来入蜀门，岁月亦已久。岂惟长儿童，自觉成老丑。常恐性坦率，失身为杯酒。近辞痛饮徒，折节万夫后。昔如纵壑鱼，今如丧家狗。”写得真是深痛沉郁。既看出杜甫透彻心扉的无奈和真诚的自剖，也看出冯至先生笔端的凝练，把对杜甫的理解藏于纸后。

六十二年过后，重读此书，多有象外之意。“失身为杯酒”者有，却未见得谁“自觉成老丑”。

四

于非闇先生的《书画过眼》，专谈书画，是本老古董，冠以新书名，内文均为20世纪二三十年代所写。于先生是有名的画家，又出身世家，与时贤尤其书画家过从甚密，自然见多识广，方可笔落缤纷。

书中有一篇《雪厂上人》。雪厂，是释瑞光，号雪厂，民国期间，非常有名。他是北京城南烂漫胡同莲花寺里的住持。清末民初，莲花寺非常出名，军阀混战，战火连天之际，陈石遗、姚茫父等人曾在莲花寺中寓居避难。姚茫父一住竟住了长长的二十年，自称为“莲花庵主”。后来，莲花寺更是名流常集，不仅京城画家，就连京剧界的名角如梅兰芳、王瑶卿、程砚秋等人，也常踏进小小寺庙的门槛。之所以如此，是因为寺中有雪厂主持。当时《顺天时报丛谈》说他“工绘画，喜风雅，一般名流多雅集于此”。

雪厂确实画技不凡。于先生称他：“其画笔，今世之苦瓜和尚也，见其画益奇之……豪放肆恣，俨然大涤子。”这里说的苦瓜和尚和大涤子，指的是清初著名画家石涛。将雪厂比之石涛，很是了得。

如何了得？文中写了这样一桩逸事：当年，齐白石为天津银行家黄子林画了十二幅山水大屏。齐白石很少画山水，更何况这样大幅画，且是十二幅之多！于先生文中两字叹曰："绝奇。"自然，是银行家出的润笔不菲，有钱能使鬼推磨矣。雪厂上人看到这十二幅山水绝奇大画，仅仅用了一天一夜的时间，就临摹得惟妙惟肖，以二百金卖给了一个日本人。这个日本人以为是齐白石真迹，便拿着画找到齐白石，请署上款。居然齐白石也没有看出画是仿作。于先生写道："山翁莫能辨，误为吾友（指银行家黄子林）市画于日人也。"足见雪厂画技了得。于先生说他"诚有大过人者"。

就是这样一位画技了得又团结了那么多画家文人艺术家的和尚，最后却穷困潦倒，只活了五十四岁。于先生说他"不幸而遁身空门，于寂静清空讽诵礼忏之余，独不走门第，传布施；而其人役役于苦瓜，垂三十余年，南北知名，而独以穷死"。

可见这位和尚，不是花和尚、俗和尚，宁守清贫，独以穷死，不失操守，更不是总想攀附皇上的石涛这个苦瓜和尚所能比之。如今的画家（包括遁入空门又还俗者），哪一位能赶得上当年的雪厂？倒不少早已暴富，左拥娇妇，右攀权势，不可一世。"气节陵夷谁独立，文章衰坏正横流"，大师遍地，雪厂何在？

五

重读《静静的顿河》，是第四本，最后一部。这是1980年人民文学出版社出版的金人译本。买这套书时，我正在中央戏剧学院读书，书是按本卖的，每本不到两元钱。

读到后面，有一段格里高利和儿子米沙关于战争争论的描写。肖洛霍夫写道：格里高利“不喜欢跟孩子谈论战争，但是米沙却觉得战争是世界上最有兴趣的事情。他时常用各种问题纠缠父亲，如怎样打仗啦，红军是什么样的人啦，用什么打死红军啦，以及为什么打死他们等等”。

这些简单天真的问题，格里高利回答不上来。但是，米沙却步步紧逼，一直问道：好爸爸，你在打仗时杀过人吗？杀人的时候害怕吗？杀死他们的时候流血吗？流很多血吗？比杀鸡的时候或者杀羊的时候流的血多吗？……

这一连串如机枪扫射的问话，格里高利如何回答？他只是恼羞成怒又无奈地冲着米沙高喊：“不许再谈这个！”

格里高利的母亲也冲着米沙喊：“又生了一个刽子手！上帝宽恕，宝贝儿，你为什么心里总想谈这个可恶的打仗的事儿呢？”

米沙的回答，让格里高利和母亲都没有料到，更让我听了胆战心寒。

米沙说：“不久以前我看见爷爷宰了一只羊，我并不害怕……可能有一丁点儿害怕，可是不要紧了！”

米沙每次谈到战争的时候，格里高利就感到心里的惭愧。他不想让儿子想到战争，但是战争每天每天都要人想到它。每天每天啊！这就是格里高利父子两代人存在时触目惊心的现实，他们的生活里、脑子里、心里，弥漫着的都是炮火硝烟。

这一段只有一页半的描写，我觉得是全书最精彩的书写之一。因为我想起了眼前的战争，乌克兰的土地上，战火蔓延了两年半之久，“战血流依旧，军声动至今”。当年，格里高利也曾经驰马挥刀，将战火魔魇般燃烧到那里。战争，将格里高利的心灵扭曲，将他的生活变形，将他的爱情葬送，使他家破人亡，使他的命运走向彻底的崩溃。当然，这里有战争发生的时代背景的介入，有哥萨克民族性格的因素，也是格里高利自身的思想局限和行为所致。但是，诸多因素中，战争，无疑是首要的。如果没有战争，格里高利会怎么样？他的儿子米沙又会怎么样？还会顽固地问他父亲这样的问题吗？

这一段，我反复读了几遍，每次读，都有一种惊心动魄的感觉。战争的阴影，竟然深刻影响并塑造了一个小小孩子的身心。从害怕，到不要紧了，到最有兴趣，战争对于一个孩子心理与成长历程潜在的渗透、衍化和遗传，是多么可怕！

读这部小说的同时，我也看了三部气势恢宏的电影，听了李野墨一百二十回深沉苍郁的广播。可惜，都把这段删掉了。

六

三伏暑天，热汗蒸腾，读钱仲联校注的《剑南诗稿》第四卷，其中一首七律，有这样几句诗，写宋时暑天情景："风生团扇清无暑，衣覆熏笼润有香。竹屋茆檐得奇趣，不须殿阁咏微凉。"从唐宋到现在，上千年来，如此炎热天气，依然需要风凉解暑，只不过，如今的空调，取代了扇子而已。

此诗下面，有钱仲联先生的一则注释，注释比诗更有意思，方才是放翁所得的"奇趣"。注释引《广卓异记》所记载一则唐朝皇帝的逸事，也关于暑天风凉："唐文宗夏日与诸学士联句：'人皆苦炎热，我爱夏日长。'柳公权续曰：'熏风自南来，殿阁生微凉。'……文宗独讽公权两句，辞清意足，不可多得，乃令公权题于殿壁。"

《广卓异记》，是宋代一位叫乐史的人编撰的一本笔记。这则逸事，虽简单，却将唐文宗和柳公权两人写得惟妙惟肖，有言有行亦有诗，还有题写于殿堂墙壁上的书法淋漓，多维立体，环绕回声，很是生动。唐文宗这个皇帝，和宋徽宗爱作画一样，钟情作诗，尤爱五言。唐文宗当政时，柳公权官居侍书，已经侍奉了文宗前两代皇帝穆宗和敬宗，三朝元老，长居朝中，前倨后恭于皇帝身前身后，自然懂得眉眼高低，揣摩得透彻皇帝的心思。皇帝前嘴刚说出上联，他立刻就对出下联。对于一个诗人，这样的文字游戏，当不在话下，关键是要对出皇帝的心思，即皇帝身上痒痒了，你要立刻递上一个玉制的痒痒挠。

看，皇帝说了："人皆苦炎热，我爱夏日长。"

柳公权立刻接上："熏风自南来，殿阁生微凉。"

皇帝吃凉不管酸，大热天的，众人叫苦连天说太热了。他偏说：我就爱夏日，还希望它再长点儿才好呢！整个一个不食肉糜的主儿。

柳公权的厉害在于，他明明知道，宫内和民间自然大不一样，再热再长的夏日，宫内自有宫女的宫扇不停在摇，还有冰块散凉祛暑。他却要拍拍皇帝的马屁，说是熏风自来，殿阁生凉。于是，皇帝高兴了，立刻夸他"辞清意足，不可多得"；而且，立刻让他"题于殿壁"，发挥他作为书法家的特长。唐诗多了，辞清意足的多了，未见这句就是不可多得。

皇帝高兴了，就是不可多得。皇帝为什么高兴了？因为柳公权适时适地地递上了"痒痒挠"。

我们就可以知道，柳公权这个官就是这样当的，而且，就是这样当得如此长久。仅仅会作诗和书法，是远远不够的。

读放翁诗，对柳公权如此之诗与言行，放翁显然是不屑的。解暑的风凉，他只须在竹屋茅檐下，一把扇子就够了。

同样是暑天风凉，皇帝、柳公权和放翁的态度，是这样大相径庭。来自宫廷殿阁，来自竹屋茅檐，是这样泾渭分明。暑期天热，是客观，属于自然，即所谓天热中的天，是由老天爷在管着，谁也奈何不得。但风凉却不尽归天管，人亦能为。居庙堂之高，自有宫女和差人等人工制风；处江湖之远，如放翁手摇一把扇子即可。

当然，风凉的大小、清爽度和质量，是不可同日而语的，所谓“夏虫不可语冰”。可见，天热可以一视同仁，风凉却从来难以那么平等。“不须殿阁咏微凉”，可以随便咏你的微凉，不须，只是你自以为；殿阁咏微凉的柳公权，却是官当得如唐文宗所言夏日一般长，死后获赠“太子太师”称号，了得！放翁却是忧愤成疾，死于山阴乡中，虽有《剑南诗稿》多卷，却未有一首诗荣幸题于殿壁，更是终未获得皇帝赐予的一枚奖章。

2024 年 8 月 7 日立秋写毕于北京

附 录

2024 年旧体诗草

元旦打油寄友

转瞬三年水自流，星云四散各春秋。
你炊饼罢心垂泪，我钓鱼来酒伴愁。
千里海边犹独影，咫尺城内亦难游。
皆存心事兼家事，一聚何时落日羞。

2024 年 1 月 1 日

听电视剧《繁花》中老歌《再回首》

凭窗枯坐落灯残，一曲老歌听自叹。
雪近月亏梅尚早，风疏帆远夜犹寒。
红楼隔雨谁人梦，青鸟破云何处看。
又是相思一年尽，再回首唱泪阑干。

2024 年 1 月 18 日腊八夜

九大员[1]两题

一

并辔踏荒同雨雪，烹茶敲火共云烟。
青春作伴将心远，白日当空带月圆。
命薄敢争二连事，人轻静对七星天。
一肩行李尘中老[2]，半世多情九大员。

二

大雪京门忆大荒，青春祭里白茫茫。
章红袖绿当时舞，酒绿灯红此日忙。

1　中学同学九人同去北大荒一个生产队，被人戏称为“九大员”。
2　一肩行李尘中老，郁达夫句。

羞说梦遗缘炕冷，耻言花落惹蜂狂。
那年酣醉谁相记，九大员曾泪断肠。

2024 年 2 月 3 日

除夕漫兴

盛世牛痕乱世灰，人生如梦梦难回。
青春几度伤残鹤，白雪千年落老梅。
窗下了无星与伴，灯前唯有酒相陪。
分题除夕失绳墨，剩取余杯尽旧醅。

2024 年 2 月 9 日除夕夜

龙年破五杂吟

月落乌啼霾满天，迟归旧燕老窗怜。
寒枝疏影何时梦，枯水残痕几处船。
草马焉能穿虎岭，泥蛇也要过龙年。
春心千叠茫茫夜，乱世浮生淡淡烟。

2024 年 2 月 14 日大年初五夜

姐姐九十寿

一别京城塞外风，青春响彻站前钟。
镜中霜发九十载，梦里烟花千万重。
人忆街曾灯火市，月怜寺老雾云松。
那年相送前门外，依旧依依夜色浓。

2024 年 2 月 15 日大年初六

夜梦建平

夜梦建平床月斜，咖啡滴滴忆年华。
无常世事笑失马，有燕[1]人生欣得家。
白雪红炉同醉酒，黄尘紫陌共寻花。
那时滋味谁犹记，肉铺香浓就苦茶。

2024 年 2 月 27 日夜

题万芾画展

墨清彩重笔先知，拈起幽怀总是诗。

1　建平夫人名志燕。

粉黛草吟天上曲，白仙鹤舞梦中姿。
花寻十载写百鸟，林隐半生栖一枝。
人事已随浮世改，初心犹带旧相思。

2024 年 3 月 1 日北京

遇罗克五十四年祭

人去人来频换世，花开花落又惊春。
出身敢对论文罪，负重羞成卖报人。
暗夜一联浑噩梦，英魂千载总伤神。
再无剑胆遇罗克，尽是琴心歌舞身。

2024 年 3 月 5 日惊蛰

七十七生日自题

流光暗染白头翁，七十七年年不同。
白日梦无荒草满，青春诗在素笺空。
山摇细雨惊乱鸟，马逐轻尘伤远风。
剩有余情磨未尽，残灯犹落旧时红。

2024 年 3 月 9 日

天坛得老友德智太平猴魁

天坛又见柏森森，重聚不惊霜鬓侵。
战乱棋枰云未定，太平茶饮味犹深。
疏枝难落三春燕，正楷偏书一寸心。
常忆缤纷少年梦，归来唯作白头吟。

2024 年 3 月 12 日

得百花旧文复印精美册

六十年前史作诗，汇文一梦少年时。
未忘风雨百花意，犹念春秋半世思。
旧作纷披枝尚浅，老来憔悴忆多迟。
雪泥鸿爪情无限，纸上寻师即见师。

2024 年 3 月 14 日

春行颐和园寄远

驱车携女试春行，浪打昆明湖不平。
满树玉兰开梦影，几声金燕报心情。
天涯月缺思南国，咫尺人圆在北京。

一别风犹吹落日，萧萧又是万千程。

2024 年 3 月 23 日颐和园归来

赠立华

病老不惊来日程，世间一梦过浮生。
心轻出岫云多态，年少呼风马独行。
扮戏拨弦声动夜，吟诗挥墨纸传情。
且抛身后残冬尽，唯愿春新草色明。

2024 年 4 月 1 日

清明怀张洁

柔肠刚胆两由之，感时伤离忆旧时。
赤子难托无字[1]会，青山辜负有谁知。
碧朱世事多成梦，黑白文章尽是诗。
可惜人间少张洁，春来何处写相思。

2024 年 4 月 3 日清明前夜

1 《无字》是张洁的长篇小说。

清明偶思

料峭春寒凉似秋，海棠竞放不知愁。
踏荒曾是逢初雪，寻友犹须上旧楼。
残纸敲诗存远梦，漏船载酒泛中流[1]。
清明何必悲红袖，细雨纷纷湿白头。

2024 年 4 月 4 日清明

和小弟小京重回老街

结伴小街春又行，泡桐巷口似相迎。
梦回大院浮生老，酒饮宽心世事轻。
浅屋是非剩多味，窄门出入有余情。
转身忽见故人笑，一架藤花照眼明。

2024 年 4 月 19 日

重游苏州

三年一梦到江南，又是绵绵四月天。

---

1 摘鲁迅《自嘲》中句。

石板路通春艺圃，木香花湿雨留园。
人妖易扮风云戏，吴越难书胆剑篇。
何处评弹吟未尽，苏州河上夜行船。

2024年4月30日苏州归来

老院童年伙伴小聚

少年伙伴暮年逢，酒在西罗园正浓。
大院已无树荫荫，小街难有月溶溶。
攀房重见昔时夜，进站又闻前日钟。
莫道春深花落去，林间老柳胜新松。

2024年5月4日夜

金手杖养老院看望老邓归来

残花不忍落春外，衰体犹然卧病中。
遥想当年踏荒雪，而今雪染白头翁。
碧云寺易佛拜遍，金手杖难心与通。
谁欲旧书读前事，茫茫独对一天风。

2024年5月7日

和俊戌天坛丁香花照自题诗

人间美色尽情游，花白丁香映白头。
犹记前门天上雪，便思今日病中愁。
浮生几落迎风泪，涉世总逢逆水舟。
纵使年华难再少，青春诗里自长留。

2024 年 5 月 12 日

天坛芍药园邂逅一老画家

棽尾春深芍药旁，相逢对笑鬓俱霜。
铁钩炭笔叶舒展，墨线雪笺花吐芳。
艳骨千般金翡翠，妖魂万种锦衣裳。
可怜一管丹青在，只画浅红和粉妆。

2024 年 5 月 16 日天坛归来

老朱入住养老院感怀以赠

电话才通那一端，与风同叹奈何天。
车驰正去养老院，手颤已存求佛笺。
云散园荒伤雪外，星稀梦落老城边。

频来偏忆球场上，两撇小胡曾少年。

2024 年 5 月 18 日

狂风大雨中作

乱树突摇乱世风，落英落叶落心惊。
棋空柯烂人方散，酒尽灯枯梦未成。
短信时闻花间泪，长天已怯雨中情。
无言无唔无诗处，一卷闲翻项脊生。

2024 年 5 月 29 日狂风之后

九大员忆

风雨人生信有缘，情关彼此亦关天。
枯肠落木犹命引，倦眼残年唯梦牵。
一豆青灯书旧友，满怀白雪是新笺。
曾经唱尽荒原曲，九大员难续断弦。

2024 年 6 月 17 日夜

怀任鸣

六月暑天怀任鸣，追寻往事倍伤情。
泪前谁惜人难得，台上还怜艺早倾。
风雪夜归惊世路，江湖优梦老京城。
荆轲私语招魂去，一地榴花送远行。

2024 年 6 月 20 日

老街两题

豆腐坊

想起当年豆腐坊，一街犹忆豆花香。
趁风锯末火烧旺，蒙面村驴磨转忙。
老后方知生死恨，儿时难理喜忧伤。
院中少女谁曾记，来祭青春晋雪芳。

刻刀张

白石苍苍老巷深，刻刀虽小见真心。
画师喜得神工拜，篆印惊于利器吟。[1]
美女谁人能识色，古琴不语有知音。

1 齐白石赠刻刀张对联：我有锤钳成利器，君由雕刻出神工。

曾经咫尺相邻近，一别沧桑无处寻。

2024 年 6 月 21 日夏至雨中

读小铁《群众》中译本

一别春秋二十年，风云群众起波澜。
灯前黄卷苦心读，楼后青山远处看。
或许花开方觉暖，并非雪落不知寒。
霜天野径俱难问，唯见潮来湿笔端。

2024 年 6 月 26 日

姑苏感事

站台虽小独花惊，谁祭姑苏胡友平。
善恶已迷满天雾，是非更炖一锅腥。
浓妆几换魅狐面，高调最遮蒙世情。
正读新书群众后，纷纷群乱不分明。

2024 年 6 月 28 日

《疏灯细语人家》自题

风轻纸乱笔横斜，残豆几颗磨老牙。
衣架整齐空有梦，文章零碎苦无花。
西窗雨落倾陈酒，南岭月临栖暮鸦。
寂寂荒天云散去，疏灯细语在人家。

2024年7月2日雨中

送别小铁

一别犹将万里程，浮生如梦太匆匆。
落花人去苍茫外，散戏台空寂寞中。
雨后相看荷叶绿，窗前谁记石榴红。
儿时旧景拂不去，昨夜星辰今日风。

2024年7月5日

养老院重逢

五年一别得重逢，霜鬓花犹落晚风。
空忆同登碧云寺，更难独对白头翁。
画符依旧锦帐里，说梦曾经荒雪中。

养老院能吟尔雅，残生亦可作鱼虫。

2024 年 7 月 8 日夜

雨后槐花忆

雨后槐花飘旧地，风前思绪到当年。
饥肠辘辘实无奈，打落槐花也可怜。
惨淡愁随酒边醉，迷离悲入梦中烟。
槐花最忆是恒记[1]，一袋犹能卖几钱。

2024 年 7 月 12 日大雨后

喜看高高得得州游泳比赛分获金银牌

劈波斩浪奋争先，竞放金银并蒂莲。
梦里绝无报春鸟，面前只有顶风船。
五千日课心中事，一万路吟诗上篇。
门外花丛疑影动，走来兄弟两翩翩。

2024 年 7 月 14 日

1 老街恒记药店，当年收购槐花。槐花是一种中药材。

重读《边城》

雨中重读沈从文，一卷边城天下闻。
绿竹山擎虎耳草，清溪水映女儿裙。
桃源津渡多迷月，茶峒歌吹远入云。
何处犹能寻翠翠，可怜花已落纷纷。

2024 年 7 月 17 日

重游陶然亭

烈日娇荷相映红，陶然又到故园中。
心轻烟水朦胧夜，人小雪山呼啸风。
把酒俱言青海事，凭栏独对白头翁。
慈悲庵上高树在，一地槐花悲梦空。

2024 年 7 月 18 日

七二〇[1]吟

凉炕那时睡欲魔，而今一变做爷婆。

1 1968年7月20日离开北京去北大荒。

青春感逝七星水，白首伤离二队歌。
嘟柿酒空心渐老，葡萄珠碎泪偏多。
荒原如海茫茫梦，船漏桨残波叠波。

2024 年 7 月 20 日

《沈从文的后半生》读感

文人一介万般难，总是半生风雨天。
旧事书中犹远梦，故人马上已轻烟。
湘西泪别三千里，京北魂惊四十年。
独扫午门多少雪，与君相伴最相怜。

2024 年 7 月 24 日雨中

夜雨闲吟

野岛曾经歌未断，荒原更是几题诗。
相缠梦欲心缭乱，自缚蚕将茧破迟。
垂老夜无半弦月，投闲园有一花枝。
西窗雨落客难至，却话同谁忆旧时。

2024 年 7 月 26 日

夜雨苦等不至

暑气蒸腾怨气生，戈多苦等未成行。
旧书虽在何人读，新雨不来唯烛明。
艳骨妖魂驱易返，落花败叶扫难平。
扑窗夜半风无力，灯对残诗独有情。

2024 年 7 月 29 日夜

重游龙潭湖

十年未到犯踟蹰，旧忆纷纷落此湖。
琴老虽然弦已断，棋残未必局先输。
茶香岛上淡难尽，碑刻祠前浅近无。
桥似弯弓车似箭，曾经一幅祖孙图。

2024 年 8 月 5 日龙潭湖归来

巴黎奥运忆巴塞罗那奥运

巴城奥运忆当年，已是匆匆一瞬间。
浪打浮生地中海，风吹乱世战前山。
间逢高迪残酒醉，偶遇米罗孤月闲。

青鸟那知惊岁老，云飞梦落不归还。

2024 年 8 月 12 日于北京

夜梦中秋遇复华

老街又梦到中秋，大院朦胧夜色稠。
满面泪垂犹识恨，一天月落不知愁。
枣红树过鱼鳞瓦，霜白神游狮子楼。
岂有少年惆怅处，牵牛花上破墙头。

2024 年 8 月 21 日

读陈小翠诗画

亦诗亦画亦多愁，点缀小园灯火幽。
雪压栏杆花压雪，楼临渡口月临楼。
经书读后半听雨，云水看时独梦舟。
莫问心思谁晓得，空庭竹老翠犹柔。

2024 年 8 月 22 日处暑

晨起忽然想起老傅

秋惊叶又落纷纷，旧雨当年散作尘。

已是苍茫春别远，曾经憔悴梦逢真。

阴山酒醉驰骄马，乱世诗多寄美人。

不信风雷[1]逐云去，草书重读墨犹新。

2024 年 8 月 24 日

与小京小弟相约张国英重回老街老院

秋约偏逢烈日烧，并非相聚为佳肴。

老街老树遮新荫，深院深邻有旧交。

无可追寻花落梦，最难忘却燕归巢。

西窗谁记叮咛语，犹是儿时雨细敲。

2024 年 9 月 1 日雨后

初秋谐趣园

一夜风凉动早秋，满湖莲老掩孤舟。

---

1 “文革”中，老傅改名为陆风雷。

枯荷认得昔时我，谐趣园中忆旧游。
剪尾成蛙犹自喜，眠蚕作茧尽谁羞。
小园已共人憔悴，月白莫登涵远楼。

2024 年 9 月 3 日颐和园归来

九月五日天坛观云

天坛天上叹云奇，九月雁来看未迟。
静似焚香千座佛，动如奔马万篇诗。
花开人乱争相照，风散园清始自知。
转瞬之间一场梦，碧空空唱碧云词。

2024 年 9 月 5 日天坛归来

记梦

梦过大海与浮桥，心逐浪摇桥也摇。
世事如桥飘似梦，人生似海动如潮。
纹枰对弈残局尽，园圃看花春意遥。
醒后孤灯对枯夜，秋风瑟瑟雨潇潇。

2024 年 9 月 12 日

二队知青与小江中秋前聚会

重逢有意到中秋，相聚无情各白头。
凉炕睡曾风雨恨，繁花落自死生忧。
缠绵谈以山空在，憔悴心因水尽流。
酒浅夜深谁与饮，月虽圆却隔牵牛。

2024 年 9 月 14 日

颐和园看桂花归来

桂香不似去年浓，人涌如潮依旧同。
花事四时荣谢里，浮生四季卷舒中。
且将气味存明日，暂分心情寄暖风。
只恐夜来秋雨至，落英满地梦成空。

2024 年 9 月 15 日颐和园归来

题德智兄锦笺书法新作

世间茫茫太匆匆，一事谁能付毕生。
玉墨细书诗外意，锦笺小草梦中情。
蜗牛负重行存迹，蝌蚪游轻字有声。

日课少年今白发，晨窗相对早霞明。

2024 年 9 月 17 日中秋

重回母校遇一老师曾住南深沟的老街坊

母校多年未得游，旧楼已是变新楼。
饭香楼后昔犹在，钟老楼前今不留。
好梦云飞夜难尽，美人花落水空流。
幸逢曾住邻家女，一补怅然愁外愁。

2024 年 9 月 27 日夜

汇文图书馆忆

架插唐宋笔中霞，书列明清梦里花。
细品浅倾皆美酒，摩肩接踵是名家。
满山储药曾如草，齐斗堆金不抵沙。
谁记当年一场火，汇文何处哭京华。

2024 年 9 月 30 日夜雨后

餐巾纸画自题

餐巾纸上自题吟，纸薄难禁墨迹侵。
候客不看新菜谱，待茶偏忆故人心。
闲情乱对席间酒，乱笔闲涂画里琴。
世事沧桑转身老，萧萧窗外已秋深。

2024 年 10 月 2 日

十一年后重游南海子公园

南海子中秋色浓，花开独对美人红。
湖波有意侵荒草，芦荻无心戏野风。
树老不疑青鸟语，荷枯犹信白莲功。
那年孔雀翩翩至，一梦茫茫烟水空。

2024 年 10 月 4 日南海子归来

题德智兄手书甲辰诗草

金风送爽燕重回，一卷秋花纸上开。
昨夜浓云月遮去，今朝锦帖梦归来。
人心天意乱荒草，苗圃园林杂腻苔。

唯有旧时楷书在，飞萤字字落窗台。

2024 年 10 月 6 日秋雨中

鲁迅逝世八十八年

大王旗换变身频，八十八年秋又春。
后辈文章迷馆阁，先生笔墨动星辰。
忧心敢问谁独耻，乱世自羞风共尘。
蛇蚹古琴堪可笑，僧亡塔在照今人。

2024 年 10 月 8 日

俊戌七十八岁生日

七十八年岁月稠，出泥双腿走春秋。
浊清薄酒酬冷暖，平仄小诗分爱仇。
花市街寻旧时事，香山寺梦老重游。
粗茶淡饭闲心在，一卷书轻万户侯。

2024 年 10 月 9 日

重阳颐和园寻桂杂兴

重阳寻桂落花残，树在香犹逝远天。
云散风随尘逐马，梦来人去鬼成仙。
亡羊不必长悲叹，得鹿无非是偶然。
秋水那管世间事，满湖依旧尽缠绵。

2024 年 10 月 11 日重阳

大碗居老同学聚会归来

落叶萧萧花渐残，老同学欲聚全难。
生离死别春梦远，云散风流秋水寒。
乱世新闻争愤说，浮生旧事独羞看。
那时雨打西窗后，大碗居今一饮欢。

2024 年 10 月 18 日夜

新书《家记》自题

秋来谁送一枝花，四世同堂记此家。
风雨书中湿愁日，死生笔下泪悲笳。
三餐味入平常饭，半盏闲求自在茶。

旧忆纷披飞作蝶，托心文字付天涯。

2024 年 10 月 22 日

大雾秋吟

从来云卷亦云舒，明月曾经意自如。
瑟瑟半杯晚秋醉，离离万里故人疏。
无霜有雾风散后，有梦无诗花落初。
红叶漫山羞白发，孤灯一豆对残书。

2024 年 11 月 1 日

高高十五岁生日

记得那时如梦令，而今已是满庭花。[1]
怀中别后犹存忆，海外学前可念家。
落叶残阳品陈酿，迎春细雨待新茶。
老巢檐下思归燕，望断天涯月半斜。

2024 年 11 月 3 日夜

1　高高出生时曾有一诗：夜来如梦令，晨起满庭花。元是孙儿至，普林斯顿家。

秋游潭柘寺即景

潭柘寺前香火新，千年银杏已成神。
风疏叶落旧时事，钟远声残今世人。
重墨难描树中影，艳姿争抢镜头春。
纵然跪拜蒲团上，何处山门不染尘。

2024年11月5日潭柘寺归来

立冬前夜怀老邓

曾经佳市动深谈，饮尽杯杯兴未阑。
二队七星情缱绻，三江一梦忆波澜。
挥毫白首象外意，踏雪青春诗里看。
虽是人生终得老，立冬前夜夜犹寒。

2024年11月6日夜

大雾走老街

银杏枝头寂寞黄，一街大雾走迷茫。
深沟旧卖盖浇饭，白记新添杂碎汤。
已是潮房金瀑布，曾经邮局绿门窗。

又从老院匆匆过，不见故人风正凉。

2024 年 11 月 15 日

天坛看银杏

残存半树碎如金，满地飘零梦逐尘。
叶落不悲前日事，枝空犹念去年人。
芳时有意千般态，衰后无心一种因。
草木易随浮世变，冬来何必再寻春。

2024 年 11 月 18 日天坛归来

冬雨吟

满街落叶满街人，一卷残诗一卷尘。
元是潇潇夜间雨，梦回湿透大荒春。
马灯乱字读新史，山路倾盆赴旧亲。
一晃五十年前事，伤心谁著后来文。

2024 年 11 月 25 日雨后

夜梦他乡遇复华

他乡一遇夜惊心，相对无言泪不禁。
隔雨苍山花已落，连天青海梦犹寻。
倾书几道纸恨薄，断酒多回杯怨深。
依旧西窗冬至雨，十三年后费沉吟。

2024 年 12 月 6 日大雪

父亲去世五十年重读《父亲》

一别沉沉五十春，长文愧对自长吟。
霜前老树压枝重，风后小屋伤雪深。
噩梦百端落何处，残年一纸读谁心。
凭窗满目潇潇雨，寒水冷泉流不禁。

2024 年 12 月 15 日

听高高得得演奏巴赫 A 小调小提琴协奏曲

枝头春意诗中景，琴外回音画里人。
不觉匆匆十年去，烟花云梦已成尘。
轻指快板听雨急，细语柔弦看海新。

万里凭风迎圣诞，天涯一曲长精神。

2024 年圣诞节前